KB042606

천마재생 8

초판 1쇄 인쇄일 2015년 8월 24일 **ı 초판 1쇄 발행일** 2015년 8월 26일

지은이 태규 **ı 펴낸이** 곽중열 **ı 담당편집 팀장** 이범수
편집부 신연제 이윤아 김호성 김은경

펴낸곳 (주)조은세상 **ı** 출판등록 제 2002-23호
주소 경기도 연천군 미산면 청정로 1355
TEL 편집부 02)587-2966 **ı** FAX 02)587-2922
e-mail bukdu@comics21c.co.kr

ⓒ태규 2015
ISBN 979-11-5512-225-0 **ı** ISBN 979-11-5512-983-8(set) **ı** 값 8,000원

태규太규 무협 장편소설

천마재생 8

NEO ORIENTAL FANTASY STORY

大魔再生

북두
(주)종른세사

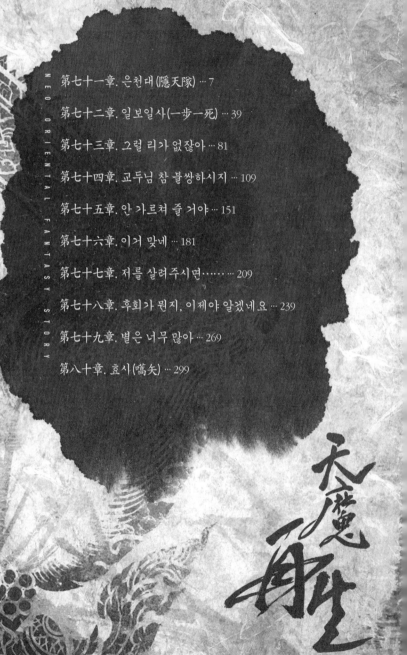

NEO ORIENTAL FANTASY STORY

天魔再生

第七十一章.

은천대(隱天隊)

第七十一章.
은천대(隱天隊)

갓 태어난 강아지가 범을 본 적이 있을까?

범이라는 짐승이 지닌 날카로운 이빨과 발톱이 무엇을 위해 존재하는지를 알까?

모른다.

그렇기에 무서워할 줄을 모르는 거다.

아예 무섭다는 게 뭔지도 모르겠지.

충주사견은 앞을 가로 막고 선 재경이라는 소년이 딱 그렇지 않을까, 하는 생각이 들었다.

때문에 터지는 웃음을 억누를 수가 없었다. 아니, 억누를 필요가 없었다.

"크하하하하하하핫!"

9

"푸하하하하하하핫!"

하지만 그들을 바라보는 재경의 눈빛은 또렷하고 입매는 다부졌다.

너무도 진지한 표정이다.

그 표정이 우습기에 충주사견은 웃음은 더욱 커져만 갔다.

하지만 하소인은 웃을 수 없었다. 오히려 의외라는 듯이 이렇게 속삭였다.

"제법 괜찮은데?"

그녀의 시선은 우스꽝스러울 정도로 진지한 표정을 짓고 있는 재경의 얼굴이 아닌, 그의 몸 전체를 살피고 있었다.

팔뚝은 굵은 핏줄이 솟아오른 것이 당장이라도 끊어질 듯이 휘어진 활시위 같았지만, 손은 아귀가 살짝 벌어져 있는 것이 맥아리가 없었다.

어깨에서 팔뚝까지 가든 힘을 실어둔 채, 어떤 형태로도 퍼부어댈 수 있도록 준비를 해두었다는 의미였다.

살짝 벌어진 두 다리는 기둥만 같아서 하늘이 무너지고 땅이 꺼져도 이 자리에서 움직이지 않을 것 같았다. 하지만 발뒤꿈치만은 살짝 들려있는 게 동서남북 어디로도 움직일 수 있도록 가벼웠다.

'명줄이 칼날에 몇 번 닿아본 적이 있는 녀석이네.'

그렇지 않고서는 저런 자세를 취할 수가 없다.

저건 지닌 실력 이전의 문제이니까.

'제협회 외전 군협단 오자조 소속이라고?'

군협단은 제협회 총단 소속이기는 하지만, 최하위 무력단체이다.

좋게 말하면 제협회라는 나라의 백성 같은 존재이고, 나쁘게 말하면 칼받이이다.

그런데 재경이라는 소년은 제법 총망 받는 소년장수 같은 모습을 보이고 있었다.

'명문출신의 기재가 경험을 쌓기 위해 군협단에 입회한 걸까?'

이따금 명문무파에서는 내일을 책임질 인재들에게 밑바닥 경험을 쌓도록 한다.

이 재경이라는 소년이 그런 경우일까?

하소인은 살짝 고개를 저었다.

'아니. 그건 아닌 것 같네.'

명문출신에게서는 결코 숨길 수 없는 특유의 분위기가 있다.

강요된 절제와 타고난 품격, 그리고 남과 다르다는 오만함과 스스로를 낮추는 겸손함이 뒤섞임으로써, 그 어떤 곳에 놓인다고 해도 명문에서 제대로 수학을 했음을 드러낸다.

11

하지만 재경에게서는 그런 게 느껴지지 않았다.

다만 천성이 순후하고, 의지력이 강하며, 끈기 있으며 노력할 줄 안다.

'클 놈이야.'

언제가 될지 모르지만 계속 이대로 살아가고 살아남는다면 충분히 일가(一家)를 이룰 수 있는 재능이다.

그런 품평을 마음속으로 속삭이던 하소인이 피식 웃었다.

'나, 언제부터 이런 게 보이게 된 거니?'

단 몇 개월 전만 해도, 명문에서 태어났다는 이유 하나만으로 대우받아 마땅하다고 여기던 머저리 중 하나였다.

하지만 남장후를 만나고 그를 따르게 되면서, 정말 너무도 많은 것을 배우고 깨닫게 된 덕분이었다.

그리고 권무영 대장군…….

이 세상에서 사라져 버렸지만, 그녀의 가슴 안에서는 아직도 뜨겁게 숨 쉬고 있는 사부이자 우상.

그를 떠올리면 세상이 가소롭다.

안일하고, 조잡하다.

그리고 슬펐다.

저토록 조잡한 녀석들도 살아가고 있는데, 그 위대한 영웅은 어째서 돌아가신 건가?

하늘이 야속하기만 할 뿐이다.

그 사이 충주사견이 웃음을 멈추고, 재경에게 사납게 외쳤다.

"이 꼬맹이가 하늘 무서운지도 모르고!"

"맞아 죽을래? 아니면 베어 죽을래?"

하소인은 콧방귀를 뀌었다.

하늘 무서운지 모르는 건 너희야.

지금이라도 그 꼬맹이한테 무릎 꿇고 비는 게 나을 걸?

휘이익!

충주사견 중 넷째 사견이 재경을 향해 주먹을 날렸다.

그 순간 재경이 스윽하고 움직여 가볍게 피하더니, 동시에 사견의 콧등에 주먹을 날렸다.

퍼억!

호쾌한 주먹질에 걸맞은 명쾌한 타격음이 울렸다.

동시에 사견은 핏물을 뿜으며 허물어졌다.

"뭐, 뭐야!"

깜짝 놀란 이견이 재경을 향해 달려들려 했다.

하지만 재경은 이번엔 기다리지 않고 먼저 몸을 날렸다.

재경의 발길질에 이견의 머리가 휙 돌아갔다.

빠각.

들리는 소리로 짐작하니, 목뼈가 부러진 듯싶었다.

일견과 삼견이 재경의 앞과 뒤에서 달려들었다.

천마재생

재경은 무릎을 굽혀 몸을 낮춘 후, 양주먹을 뻗어 그들의 급소를 가격했다.

퍼억, 퍼억.

일견과 삼견이 사타구니를 쥐고 그대로 주저앉았다. 얼굴은 새파랗게 질렸고, 입은 쩍 벌어졌다. 하지만 너무도 고통스러워 비명조차 지르지 못했다.

그 사이 일어난 재경은 그들의 머리를 가격했다.

퍼퍽!

일견과 삼견은 정신을 잃고 쓰러졌다.

'한 놈에게 딱 한 번이라.'

단호하고 깔끔하다.

그리고 효율적이었다.

재경은 긴장을 풀지 않은 채, 충주사견을 찬찬히 살폈다.

그들이 제대로 정신을 잃었다는 것을 확인하고 나서야 겨우 긴장을 풀며 하소인을 향해 돌아섰다.

재경이라는 소년은 자신이 어떻게 살아왔는지를 알려주는 듯했다.

재경이 시원한 미소를 머금고 말했다.

"아가씨, 놀라셨지요?"

하소인은 빙긋 웃었다.

"네, 놀랐네요, 소협. 당신 때문에요."

"네? 아, 제가 좀 과했지요? 놀라셨다니 죄송합니다."

하소인이 고개를 저었다.

"아니요. 죄송하지 않으셔도 됩니다. 좋은 구경 했어요."

재경은 눈을 깜빡였다. 하소인의 반응이 그에게는 좀 낯설었기 때문이었다.

재경이 말했다.

"아가씨. 이 녀석들이 깨어나면 무슨 수작을 또 벌일지 모르니, 이곳을 벗어나심이 어떨까 합니다만. 원하신다면 안전한 장소까지 동행해 드리겠습니다."

"안전한 장소라. 그런 장소가 세상에 있나요?"

"네?"

"뭐, 그렇다고요. 좋아요, 그러죠. 이 술만 비우고요."

그러며 하소인은 술잔을 단숨에 비우고 일어섰다.

"자, 가죠."

"네? 아, 네."

재경은 자신을 지나쳐 걸어가는 하소인을 알 수 없다는 눈으로 바라만 보았다.

그때, 손때 꼬질꼬질한 주렴만이 쳐져 있는 객잔의 문에서 한 청년이 들어섰다.

청년은 들어서자마자 걸음을 멈추고 하소인을 바라보았다.

"너 이 녀석!"

천마재생

하소인은 환하게 웃으며 말했다.

"어머나. 오랜 만이에요, 정천 오라버니. 이거 정말 우연인데요?"

하정천.

향후 검성을 대신하여 백도제일명문인 진무하가를 이끌어갈 후계자로 정해진 기재.

하정천은 화가 난 듯이 얼굴을 붉어졌다.

"우연? 태상가주님의 명령이 분명 내게도 전달되었을 터인데! 어찌 합류하지 않고 홀로……, 어?"

하정천의 눈동자가 하소인의 뒤편에 있는 재경에게로 이어졌다.

그러자 재경의 표정이 딱딱하게 굳었다.

하정천의 눈빛 역시 날카로워졌다.

"넌 왜 여기 있는 거냐."

하정천이 그렇게 말하자, 재경이 한숨을 내쉬었다.

"제가 여쭙고 싶은 말입니다."

"또 우연이라는 건 아니지?"

"이 또한 제가 여쭙고 싶은 말입니다."

"이번도 우연이라면, 좀 심하다고 생각하지 않느냐?"

"제가 하고 싶은 말입니다."

하소인은 두 사람을 번갈아보았다.

"이 묘한 분위기 뭐죠? 둘이 무슨 사이?"

재경이 먼저 말했다.

"아무 사이도 아닙니다!"

하정천은 휙 몸을 돌렸다.

"어서 가자. 시간이 없다. 정해진 날까지 천목진에 도착하려면······."

그 순간 재경이 외치듯 말했다.

"천목진? 지금 천목진이라고 하셨습니까?"

하정천이 휙 몸을 돌려 재경을 노려보았다.

"설마?"

재경은 품 안에서 검은 패 하나를 꺼냈다.

그러자 하소인 역시 검은 패 하나를 꺼내 들었다. 그러며 빙긋 웃었다.

"우리 모두 목적지가 같은 모양이네요."

†

지난 겨울은 유난히도 추웠다.

그렇기 때문일까?

강호무림의 모든 단체는 움직임을 멈춘 채 조용히 겨울이 물러나기를 기다렸다.

가을에 벌어졌던 일련의 사태를 수습하기 위해서 인지도 몰랐다.

천마재생

제협회 총단을 급습한 정체모를 화염마귀.

그리고 거의 비슷한 시기에 있었던 황궁의 역모사건.

더불어 오륜마교의 내란까지.

그 모든 사건은 강호무림의 지각변동을 예고하는 전조라고 일컬어졌다.

그리고 그 모든 사건은 한 사람의 개입하여 해결될 수 있었다.

수라천마 장후!

사람의 형태를 한 재앙 같은 존재.

그가 어째서 그러한 일을 벌인 건지는 아무도 몰랐다.

그에게 황실과 제협회, 오륜마교는 복수의 대상이지, 도와주어야할 동료일 수는 없었다.

때문에 누군가는 수라천마 장후가 미쳤다고 했다.

또 누군가는 수라천마 장후를 가장한 신비한 인물이라고 했다.

의견이 분분했지만, 그 누구도 결론을 내리지 못했다.

그저 수라천마 장후가 또 어떤 자리에서 어떤 모습으로 나타날지를 기다리며 두려움에 몸을 떨었다.

하지만 그는 나타날 때와 마찬가지로 홀연히 사라졌고, 겨울 내내 모습을 드러내지 않았다.

어째서일까?

모른다.

그저 모른다는 것만을 알 수 있을 뿐이었다.

그리고 이렇게 봄이 왔다.

그러자 겨울동안 곰이 겨울잠을 자듯이 숨죽이고 있던 무림단체들이 기지개를 켜기 시작했다.

강호무림을 양분하는 단체 제협회와 오륜마교가 동시에 외쳤다.

우리는 힘을 하나로 모아, 협륜문이라는 문파를 만들어 천마(天魔)에게 대항하기로 했노라!

온 무림은 열광했다.

협륜문이여!

강호무림을 지켜라!

아니, 지키자!

우리 모두 협륜문에 입문하여 천마를 무찌르자!

협륜문의 개파대전을 열린다고 알려진 곳, 천목진(天目津)을 향해 칼을 든 이라면 모두가 달려 나갔다.

그렇게 봄은 시작되고 있었다.

하지만 사람들은 의심했어야 했다.

제협회와 오륜마교는 천마에 대항하자고 했지, 수라천마 장후라고 하지는 않았다는 것을⋯⋯.

'협륜문. 협륜문이라⋯⋯.'

하정천은 품에 손을 넣어서 검은 패를 만지작거렸다.

표면에 양각되어 있는 글자를 마음속으로 읽어본다.

'은천대(隱天隊).'

은천대는 협륜문으로 차출된 제협회와 오륜마교의 고수 중에서 젊은이만을 추려서 만들어질 단체라고 했다.

쉽게 말해 제협회와 오륜마교의 후기지수들 만으로 구성된 무력집단이라는 거다.

하정천은 이 검은 패를 받았을 때 그곳에 배치되었음을 알았고, 이것은 진무가의 소가주로 임명되지 전, 마지막으로 치룰 시험무대임을 느꼈다.

드디어 끝이 온 거다.

오륜마교의 후기지수들이 어떠한 녀석들인지는 모른다.

분명 만만치 않을 것이다.

하지만 하정천은 자신 있었다.

그 누구라고 해도 내 위에 두지 않으리라.

은천대의 대주가 되어, 향후 무림을 영도할 사람이 누구임을 모두의 머리와 가슴에 새겨 주리라!

오는 동안 내내 다짐하고 다짐했다.

그런데 이 녀석들은 뭔가?

사촌여동생인 하소인은 그렇다 치자.

철없고 오만하기는 하지만, 재능만은 뛰어났다.

그러니 충분히 부름을 받아 은천대에 배속될 정도는 되었다.

하지만 재경?

고작 열대여섯 밖에 되지 않은 이 꼬맹이가 은천대원이라고?

더구나 제협회의 일반무사 단체인 군협단의 일개 조원에 불과한 녀석이?

분명 남다른 구석이 있기는 했다.

하지만 은천대에 배치될 수는 없었다.

배경 뿐 아니라, 실력도 미천하기 때문이었다.

'부러울 정도로 운이 좋구나.'

누군가의 눈에 띄었겠지.

생각해보면 재경은 항상 그랬다.

운이 타고난 놈이다.

하정천은 가문의 시험대에 올라 변방과 밑바닥을 떠도는 동안 우연히 재경과 몇 차례 어울리게 되는 경우가 있었다.

그때마다 의견이 달라 충돌했고, 그때마다 목숨을 잃을 위기가 찾아왔었다. 그리고 그 위기를 우여곡절 끝에 힘을 합쳐서 넘기곤 했다.

그렇게 따지면, 하정천에게 재경은 생사고락을 함께한 동료라고 할 수 있었다.

어이없지만, 그랬다.

하지만 그 뿐이다.

신분의 장벽은 어쩔 수 없고, 능력의 한계 역시 어쩔 수 없다.

　수십 년 후, 재경은 어쩌면 하정천이 위치한 곳까지 올라올 수 있을지 모른다. 충분히 그럴 수 있는 가능성을 품은 녀석이다.

　하지만 그건 어디까지나 수십 년 후이지, 지금은 까마득히 먼 아래에서 뒹굴어야만 할 녀석이었다.

　그런데 다시 동료가 되다니.

　짜증이 난다.

　귀찮다 싶기도 했다.

　그런데 기쁜 마음도 있었다.

　우습지만 그랬다.

　하지만 이번에는 확실히 알려주리라.

　'은천대의 대주가 되어야겠어!'

　가문이 가한 봉인이 풀렸다.

　덕분에 이제 지닌 무공을 모두 사용할 수 있게 되었다.

　하정천은 자신의 실력을 믿었다.

　최소한 비슷한 또래에 자신을 넘어설 수 있는 자는 없으리라.

　그런 생각을 하며, 하정천은 은천대원들이 모이라고 정해진 천문진 하문각(夏紋閣)을 향해 걸어갔다.

　그런데 좌측 멀리에서 하문각을 향해 걸어가고 있는 한

청년이 보였다.

'뭐지?'

청년은 힐끔 하정천을 훑어본 후, 하문각으로 시선을 돌렸다.

걷는 속도가 엇비슷하여 결국 두 사람은 거의 동시에 하문각의 대문 앞에 이를 수 있었다.

하정천은 앞만을 바라보며 입을 열었다.

"오륜마교?"

청년이 가볍게 고개를 끄덕였다. 이번에는 오륜마교의 청년이 입을 열었다.

"제협회?"

하정천이 고개를 끄덕였다. 그리고 바로 고개를 가로저었다.

"진무하가."

이번엔 오륜마교의 청년이 고개를 끄덕였다.

"그렇군. 이름은?"

"하정천. 너는?"

그러며 하정천은 청년을 향해 고개를 돌렸다.

청년은 거의 동시에 고개를 돌려 하정천을 마주 보며 말했다.

"강위."

하정천은 그를 노려보며 생각했다.

천마재생

'너와 나!'

은천대의 대주가 되는 건 우리 둘 중 하나일 것이라고.

강위 역시도 같은 생각을 했다.

하지만 뒤편 멀리에 있는 한 소년은 그들을 지켜보며 이렇게 중얼거리고 있었다.

"어설퍼."

소년, 일결이 보기엔 그랬다.

은천대.

제협회와 오륜마교에서 협륜문으로 차출된 인력 중에서 후기지수들 만을 선별하여 구성하려는 무력단체.

누가 계획한 것이며, 어떤 의도인지 모르겠지만 유치하고 안일하다.

서로 적으로 알고 살아왔고, 마주하면 대화보다는 먼저 찌르고 보라고 세뇌에 가까운 훈육을 받아왔던 젊은이들을 이제와 공통의 목적이 생겼다고 해서 한 울타리에 넣어두다니.

그러고 동료가 되라고?

어이없다.

그게 은천대에 배치된 후기지수들이 공통적인 생각이었다.

때문에 은천대의 첫 회합장소로 지정된 이 곳 하문각 안은 당장에 터져 나갈 것 같은 긴장감이 팽배했다.

그런 불온한 분위기를 모두가 느끼고 있었다.

후기지수들의 입은 굳게 다물려 있는 반편, 눈동자만은 멈추는 적이 드물 정도로 분주하다.

그들의 눈동자 속에 깃든 감정은 적의도 그렇다고 호의도 아니었다.

마치 저 짐승을 찢고 가르면 고기가 몇 근이나 나올까를 눈짐작으로 계량하는 백정의 눈이라고나 할까?

그건 하정천도 다르지 않았다.

이 자리에 모인 젊은이들의 수는 도합 이백 명 내외?

아직 소집완료 시간이 한 시진 정도 남았으니, 그 수는 조금 더 불어날 가능성이 높았다.

'제법 많아.'

그리고 제법 괜찮다.

하정천은 주변을 둘러보며 그렇게 생각했다.

'이 정도면 거의 전부이지 않을까?'

세상은 넓지만 좁기도 하다.

하정천은 지난 몇 년 동안 변방과 밑바닥 생활을 전전하며, 또래는 상상할 수도 없는 여러 가지 경험을 했고, 다양한 사람과 만나왔다.

하지만 그 중 그의 눈길을 잡을만한 역량이나 가능성을 가진 또래의 젊은이는 드물었다.

천마재생

군이 한 명을 꼽으라면, 재경 정도라고 해야 했다.

하지만 여기 모인 이들은 모두가 범상치 않았다.

그렇다고 해서 하정천에게 긴장이나 경계심을 느끼게
할 정도는 아니었다.

다섯 명을 빼고는 그랬다.

'다섯.'

은천대 안에서의 영역다툼을 하게 될 경쟁자는 그들 다
섯 명이 될 것이다.

하정천은 그들 다섯의 얼굴을 다시 확인해 보려 눈을 돌
렸다.

후기지수들은 크게 둘로 나뉘어 있었다.

왼쪽은 제협회 출신, 그리고 오른쪽은 오륜마교 출신이
었다.

제협회 출신의 후기지수들은 다시 셋으로 나뉘어 있었
다. 그리고 그 세 무리는 각기 한 명을 중심으로 뭉쳐 있었
다.

한 명은 승복을 입고 있었고, 다른 한 명은 도복을 입고
있었으며, 마지막 한 명은 백의장삼을 걸치고 있었다.

'삼소천(三小天).'

전전대의 무공 천하제일로 구가되었던 전설적인 고수들
인 삼태천의 뒤를 이을 것이라고 평가되는 백도무림 최강
의 후기지수들.

삼소천은 밑바닥을 전전해야 했던 하정천과 달리 제협회 내의 중요 직책과 임무를 맡아 선전해왔기에, 이렇듯 후기지수들 사이에서 상당한 영향력을 발휘하고 있었다.

제협회의 후기지수를 살피던 하정천의 눈이 오륜마교 쪽으로 옮겨갔다.

제협회의 후기지수들이 명문문파 출신답게 정돈된 자세로 서 있는 반면 오륜마교의 후기지수들은 자유분방했다. 벽에 기대어 있거나, 땅에 앉거나, 심지어 누워 있는 놈도 있었다.

마치 자신 외에 아무것도 인정치 않고, 신경 쓰지 않는다는 오만함과 자신감이 엿보인다.

하지만 하정천은 그들이 보이는 태도와는 달리, 실제로는 한 명의 눈치를 살피고 있음을 알아챌 수 있었다.

'강위.'

바로 그였다.

하정천은 느낄 수 있었다.

오륜마교의 후기지수들은 모두 강위를 그들의 대표, 혹은 주인으로 받아들이고 있다는 것을.

'역시 너 아니면 나인가?'

갑자기 강위의 눈동자가 움직여 하정천 쪽을 향했다.

마침 하정천은 그를 바라보고 있었기에, 두 사람의 시선을 마주쳤다.

잠시 서로를 노려보던 두 사람의 시선은 동시에 떨어져
나갔다.

하정천의 시선은 이제 마지막 한 명을 향했다.

모여 있는 후기지수 중에는 제협회와 오륜마교 쪽 어디
에도 속하지 않는 이들도 몇 있었다.

그의 사촌여동생인 하소인이 그랬고, 재경이라는 녀석
도 그랬다.

하소인은 어째서 그 쪽에 있는 건지 알 수 없지만, 재경
이라는 녀석은 어쩔 수 없었다.

삼소천의 무리들이 고작 군협단 출신인 재경을 끼어줄
리 없었고, 재경 역시 그들 사이에 끼어들 생각이 없어 보
였기 때문이었다.

하정천은 눈살을 찌푸렸다.

마음에 들지 않았다.

저 녀석은 가진 건 몸뚱이 하나뿐이지만, 언제나 당당했
다. 그런데 저렇게 어색하게 있는 꼬락서니를 보니 기분이
좋지 않았다.

하지만 모든 조건은 스스로 넘어서야 할 과제이다.

'잘 하겠지.'

언제나처럼.

하정천의 시선이 그 옆으로 돌아갔다.

'다섯 번째 녀석.'

그의 시선이 닿은 곳에 재경의 또래로 보이는 소년이 있다.

무표정한 얼굴에 어디서든 볼 수 있을 듯한 평범한 외모.

투명하다는 느낌을 준다.

'그건 위험한 놈이라는 경고이기도 하지.'

이 자리에 있는 후기지수들은 대부분이 이십대이고, 많게는 삼십대 초반 정도가 몇몇 끼어 있었다.

그러니 고작 열대여섯 정도로 보이는 소년이 은천대원이 되기 위해 자리했다면, 주목을 받아야 마땅했다.

삼소천의 무리와 오륜마교의 무리는 재경이 처음 들어섰을 때 훑어보며 어떤 녀석이냐고, 파악하기 위해 의견이 나누었으니 말이다.

그런데 재경과 비슷한 나이로 보이는, 이 자리에서 가장 어린 것이라고 여겨지는 저 소년만은 모두가 그저 한 번 힐끗 스쳐본 후 잊었다.

은천대에 배치되었으니, 능력이나 재능이 부족할 리는 없었다.

최소한 성장의 가능성이라도 품고 있어야 마땅했다.

그런데 전혀 보이지가 않는다.

그렇다는 건 뛰어나지만 드러나지 않는다는 거다.

간혹 태생적으로 저런 유형이 있기는 했다.

천마재생

그 또한 훌륭한 재능이다.

하지만 재능이 아니라, 경험의 소산이라면?

'아주 위험한 녀석이라는 거지.'

어쩌면 저 소년은 다른 넷을 합한 것 보다 위험한 놈인지도 몰랐다.

소년이 갑자기 눈동자를 움직여 하정천을 바라보았다.

하정천은 소년과 눈이 마주치는 순간, 자신도 모르게 주먹을 불끈 쥐었다.

왜일까?

소년의 눈빛에서 아무런 감정도 느껴지지 않아서였다.

무시당하는 기분이었다.

마치 발밑에서 기어가는 개미를 보는 사람의 눈빛이 저와 닮았다는 생각이 들었다.

하정천은 소년을 향해 성큼성큼 걸음을 옮겼다. 딱히 뭘 어쩌겠다는 생각은 아니었다. 다만 가까이서 제대로 살펴보고 싶었다.

그리고 결정을 내리고 싶었다.

가장 먼저 밟을 녀석인지.

아니면 가장 나중에 밟아야할 상대인지를.

하정천이 움직이자, 삼소천의 무리들이 일제히 그를 바라보았다.

비록 제협회 후기지수 중에서 하정천을 따르는 이들은

없지만, 그가 정파무림 최고의 가문인 진무하가의 직계이며 한 때는 삼소천과 함께 정파무림의 동량이 될 것이라고 일컬어졌기에 상당한 견제의 시선을 받고 있었다.

그런 그가 움직이니 당연히 주목할 수밖에 없었다.

하정천은 자신이 주목했던 소년의 앞에 이르자, 걸음을 멈췄다.

소년은 여전히 감정이 느껴지지 않는 눈으로 하정천을 바라보고만 있었다.

하정천이 입을 벌렸다.

"혹시, 날 아시나?"

소년은 고개를 끄덕였다.

하정천이 다시 말했다.

"날 제대로 아시나?"

소년은 고개를 끄덕였다.

그러자 하정천의 눈썹이 꿈틀거렸다. 동시에 그의 입가에 싸늘한 미소가 어렸다.

"제대로 아시는 게 맞나?"

그때였다.

"아주 제대로 알 걸요?"

하정천의 눈동자가 돌아갔다.

목소리가 들린 자리에는 하소인이 빙긋 웃고 있었다.

하정천이 소년과 하소인을 번갈아 본 후, 말했다.

"본래 알던 사이였느냐?"

하소인이 고개를 끄덕였다.

"네. 친한 사이지요."

하정천이 눈을 얇게 좁혀 하소인을 노려보며 피식 웃었다.

"네가 나에 대해서 말해주었다면, 나를 제대로 안다고 할 수 없겠군."

하소인은 고개를 저었다.

"아니요. 제대로 알아요."

하정천이 눈매를 꿈틀거렸다. 하소인은 그런 하정천을 향해 고개를 불쑥 내밀며, 속삭이듯 말했다.

"오라버니야말로 저를 제대로 알지 못하는 거죠."

그 순간 하정천의 눈이 커졌다.

'이 녀석이 이랬나?'

눈동자는 또렷하고, 눈빛은 섬뜩하면서도 무겁다.

그때였다.

콰앙!

모든 사람의 시선이 문 쪽으로 돌아갔다.

닫힌 문 앞에 한 사내가 서 있었다.

나이가 이제 서른 정도 되었을까?

어찌 되었든 비슷한 또래로 보이는 사내였다.

외모는 잘생긴 편이었지만, 장난기가 느껴지는 표정 때

문에 성격이 꽤 경박한 편일 것이라는 느낌을 주었다.

"자, 여러분. 오래 기다리셨지요? 이렇게 모여 주셔서 감사합니다. 이제 여러분께서는 은천대의 대원이 되어, 이 험난한 세상의 소금이 되는 게 아니라, 소금 땀을 흘려야 할 불우한 시절을 보내야 함을 알리게 되어 미안할 뿐입니다."

아니다 다를까, 이다.

후기지수 중 누군가 물었다.

"당신은 누구요?"

"아! 저요?"

사내는 환하게 웃으며 말했다.

"저는 여러분을 좆 빠지게 굴려서 그마나 사람취급은 받을 수 있도록 도와줄 숙달된 훈련조교, 총대라고 합니다."

†

'훈련조교?'

훈련을 받는다?

무엇을?

하정천은 어처구니가 없어 눈살을 찌푸렸다.

'대체 어떤 작자가 계획한 거야?'

천마재생

은천대로 배치된 후기지수들은 거의 완성이 되었다고 볼 수 있는 이들 뿐이었다.

부족한 것은 훈련을 통해서가 아니라 실전을 통해서 갖출 수 있을만한 인재들이다.

'대체 은천대는 뭐야?'

하정천은 총대를 보며 은천대의 성격이 자신이 짐작했던 바와 사뭇 다르다는 느낌을 받았다.

은천대와 같은 단체는 매 시기 존재했다.

후기지수들에게 가장 필요한 건 명성이다.

무공실력?

재능을 인정받았기에 후기지수가 될 수 있었다. 그러니 세월이 지나면 자연 채워질 부분이다.

금력? 권력? 세력?

이 자리에 모인 후기지수들은 대부분 명문문파의 후계자이거나, 후계자로 정해진 인물들이다.

그러니 그러한 힘은 이미 배경으로 깔고 있는 것들이다.

다 갖추었거나, 갖출 것들이다.

하지만 명성은 달랐다.

명성은 실력과 금력과 권력, 세력으로 채울 수 없는 또 다른 힘이다.

때문에 명문문파들은 후기지수를 선별하여, 세상을 떠돌며 협행을 벌이도록 함으로써 실전경험을 쌓도록 하는 한 편 빠르게 명성을 얻을 수 있도록 유도한다.

하지만 혼란한 시기에만 가능한 그보다 빠르고 확실한 방법이 있다.

전쟁에 투입하여 공적을 쌓도록 하는 것이다.

그리한다면 단기간에 명예를 얻을 수 있다.

하지만 전쟁에서 공적을 쌓는다는 건 실력이기 보다 운에 가깝다. 마찬가지로 전쟁터에서 살아남는다는 건, 실력이 아닌 운에 가깝다.

그러니 향후 문파를 이끌어갈 소중한 인재를 그런 위험한 무대에 올릴 수는 없다.

때문에 더러운 작태를 벌인다.

다른 이들이나 단체의 공적을 빼앗아 후기지수들에게 주는 것이다.

방식은 아주 단순하다.

후기지수들을 모아 단체를 만들고, 격전지를 순회토록 한다.

그럼으로써 지나온 격전지에서 아군의 승리할 것 같으면 한 발 걸치도록 하여 그 모든 공을 후기지수들의 단체의 것으로 만들고, 패배할 듯하면 바로 다른 격전지로 이동시킨다.

하정천은 은천대가 바로 그러한 의도를 위해 만들어낸 단체라고 여겼었다.

천마재생

더럽고 혐오스러운 방식이지만, 단시간에 명성을 얻는 데에는 이만한 방법도 없었다.

단기간에 수십 년 동안 강호무림을 살아온 명숙보다 더한 영예와 칭송을 얻을 수 있으니까.

그렇기에 하정천은 은천대의 대원이 되는 것을 거부하지 않았고, 이왕 하기로 했으면 대주가 되어 가장 큰 혜택을 받겠노라 다짐했다.

그리고 그렇게 더러운 방식으로 얻은 명성은 시간을 단축시키기 위함일 뿐이지, 결코 거짓이 아님을 살아가며 알려주겠다고 결심했다.

'그런데 이건 뭐지?'

총대가 뒷짐을 쥔 채 걸어 나와 제협회와 오륜마교의 사이를 가로질렀다.

이리저리 둘러보며 중얼거린다.

"얘는 왜 왔니?"

"넌, 좀 괜찮네."

"쟤는 농사나 가리키는 게 낫겠는데?"

총대는 그렇게 눈에 닿는 이들을 가차 없이 품평하며 하정천이 있는 자리로 다가왔다.

하정천은 다가오는 그를 가만히 바라보았다.

총대는 하정천의 앞 쪽에 걸음을 멈추더니, 입을 열었다.

"뭐야. 너도 훈련 받으려고? 왜? 심심해? 몸이 결려? 아님 살이라도 빼게?"

하정천은 소리 없이 웃었다.

말투는 경박하지만 보는 눈은 정확하다 싶었다.

그때였다.

"받으랍니다."

뒤에서 들린 목소리에 하정천의 몸이 돌아갔다.

하정천이 주목했던 소년이었다.

총대가 소년을 향해 말했다.

"내 재량으로 제외시켜줄까? 어때?"

소년 일결이 담담히 말했다.

"제대로 훈련을 시키는지 지켜보라고 하셨습니다."

총대가 혀를 찼다.

"쯧. 역시 그러셨군. 하여간 믿고 좀 맡기시지. 쯧쯔."

그러며 총대는 고개를 돌려 하소인을 바라보았다.

"아가씨도?"

하소인은 고개를 끄덕였다.

"네. 받으라고 하시대요."

"왜?"

"복습하는 셈 치래요."

그러며 하소인은 어깨를 으쓱했다.

그러자 총대는 투덜거렸다.

"뭘 복습까지 시키시나. 아가씨, 그러지 말고 부조교 하실래? 관심 없어?"

"그럼 조교님은요? 모내러 가실래요?"

총대는 휙 몸을 돌렸다.

"에잉. 아가씨는 마음에 들었다가 안 들었다가 한단 말이야."

하소인이 픽 웃었다.

"조교님도 마찬가지에요."

총대는 용건을 마쳤다는 듯 발을 내딛어 그들의 뒤쪽에 위치한 단상을 향해 걸어갔다.

하정천은 그가 아닌 하소인에게로 고개를 돌렸다. 눈빛으로 저 총대라는 자와 어찌 아는가를 물었다.

그의 눈빛을 받은 하소인이 빙긋 웃으며 이렇게 말했다.

"알면 다쳐요. 심하게요."

第七十二章.

일보일사(一步一死)

第七十二章.

일보일사(一步一死)

단상 위에 오른 총대는 찬찬히 후기지수들을 살펴보았다.

그들은 호기심 반, 그리고 적개심 반이 섞인 얼굴로 그를 바라보고 있었다.

훈련조교라니.

후기지수들 입장에서는 마른하늘에 날벼락이 떨어진 기분일 것이다.

하지만 이 정도로 놀라서는 곤란했다.

이제부터는 놀랄 일이 끊이지 않고 이어질 테니까.

그들이 은천대의 단원으로써 보낼 시간이 어떠할지를 총대는 일부나마 예상할 수 있었고, 그렇기에 총대는 이렇게 속삭일 수 있었다.

"너희는 좆 된 거야. 쯧쯔쯔쯔."

이렇게 곱게만 살아온 녀석들이 그 험난한 과정을 버틸
수가 있을까?

"뭐, 내가 신경 쓸 바는 아니고. 나야 시킨 것만 하면 되
니까."

그렇게 중얼거리며 총대는 어깨를 으쓱했다.

후기지수들은 눈을 얇게 좁히며 훈련조교랍시고 자신을
소개한 총대가 혼잣말만 하고 있는 모습을 가만히 바라만
보았다.

총대가 크게 입을 벌렸다.

"우선 여러분께 은천대에 관하여 약간의 정보를 드리겠
습니다. 귀를 기울이시고 잘 들으세요."

후기지수들은 대부분 팔짱을 끼고 오만하게 턱을 세웠
다.

저 훈련조교라는 새끼가 뭔 헛소리를 하는지 우선 들어
나 보자는 태도였다.

"은천대가 주요임무는 정찰, 교란, 적진침투, 요인암살,
요지파괴 등이 될 것입니다. 쉽게 말하면 너희는 최전방
유격단체라는 거죠."

후기지수들이 서로를 둘러보며 웅성거렸다.

유격집단이라니.

그들은 명문문파의 제자이거나 자식이며, 혹은 후계자이다.

현재의 권력을 승계 받아 향후의 무림을 이끌어갈 인재들이라는 거다.

그러니 그들은 자신들이 이 협륜문의 간부나 실무진이될 수는 없겠지만, 최소한 그들을 보조하는 정도의 직책을맡게 될 것이라고 예상했었다.

그런데 이게 뭔 소리인가?

후기지수 중 한 명이 외쳐 물었다.

"뭐가 잘못된 거 아닙니까?"

총대가 고개를 끄덕였다.

"그렇지. 잘 아네. 아주 잘못되었지. 너희는 너무나 잘못되고 말았습니다. 이 숙달된 조교가 예언하는데, 반년쯤 후에는 최소한 너희 중 절반은 병신이 되거나, 잿가루가 될 겁니다."

후기지수 중 일부가 몸을 돌려 문을 향해 걸어갔다. 제대로 사정을 알아보기 위해 자신의 가문이나 문파에 연락을 취해보려는 의도였다.

총대가 외쳤다.

"대신 살아남는다면, 너희가 바로 협륜문의 최요직 간부가 될 겁니다!"

후기지수들의 걸음이 뚝 멈췄다.

천마
재생

이건 또 뭔 소리인가?

모두의 시선이 다시 총대를 향했다.

총대가 씩 웃으며 품에서 화려한 문양이 가득 새겨진 금패 하나를 꺼내 높이 들었다.

"그리고 너희 중 가장 큰 공적을 쌓은 한 명은 이 패를 차지하게 될 겁니다."

모두의 시선이 총대의 손에 들린 금패를 향했다.

금패의 표면에는 협륜소문주(俠輪小門主)라는 다섯 글자가 새겨져 있었다.

†

협륜문은 제협회와 오륜마교가 부활한 수라천마 장후를 대항하기 위해 인력과 자본을 공동출자하여 만들어낸 연합세력이다.

그게 세상이 아는 협륜문이라는 문파였다.

하지만 후기지수들이 아는 바는 조금 달랐다.

제협회와 오륜마교의 아성을 위협하는 신흥세력, 그러니까 최근 두각을 드러내고 있는 성하맹을 정벌하기 위해 만들어낸 것이 바로 협륜문이다.

이 또한 사실과는 꽤 다르지만, 대부분의 후기지수들이 알고 있는 협륜문의 설립배경은 그랬다.

그렇기에 협륜문은 당초 목적인 성하맹을 궤멸시키고 나면 자연히 사라지게 될 일회성 세력이었다.

그러니 협륜문의 구성원이 된다고 해서 실제로 이득이 될 만한 건 아무것도 없었다.

하지만 후기지수들이 협륜문의 개파대전이 열리는 이곳 천목진에 도착하여 느낀 상황은 조금 달랐다.

뭔가, 이상했다.

제협회와 오륜마교의 실세라고 할 수 있는 거물들이 득실거렸다.

오륜마교의 궁주들이 직접 참여한다는 소문까지도 떠돌고 있었다.

더욱 놀라운 건, 제협회의 회주 협왕 위수한이 회주 직위를 내려놓고 협륜문에 몸을 담기로 결정했다는 이야기까지 있었다.

권력자는 쉽게 움직이지 않는다.

하지만 한 번 움직인다면 무조건 결과를 만들어 내야만 한다.

그래야 권력을 유지할 수 있고, 확장시킬 수 있다.

이 무림이라는 세계에서 몇 손가락 안에 드는 권력자들이 자신의 직위를 내려놓으면서까지 대거 협륜문으로 이동한다?

정치적인 음모나 계략일 가능성이 높다.

천마
재생

협륜문의 정체성을 의심하는 세상의 눈을 현혹하기 위한 연극인지도 몰랐다.

하지만 만약 아니라면?

협륜문은 일회용 소모품이 아니라, 강호무림의 세력 구도를 재편하기 위한 중장기 계획의 과정인지도 몰랐다.

어찌 되었든 협륜문은 후기지수들이 처음 여겼던 것보다 중대한 가치를 지니고 있음이 분명했다.

그렇기에 협륜문의 소문주라는 지위가 나중에 어떠한 힘이 될지는 지금 시기에는 그 누구도 측정할 수는 없다.

하지만 한 가지만은 확실했다.

저 금패를 차지한 이는 협왕 위수한과 오륜마교의 교주, 그리고 협륜문의 문주가 된 권황 철리패가 함께 의견을 나누는 회의자리에 낄 자격이 생긴다.

그 자리에 앉게 된다면, 이 무림이 어떻게 돌아가는지 알 수 있으리라.

그리고 또 하나, 앞으로 무림이 어디로 흘러갈 것인지도 알 수 있겠지.

그곳을 미리 알고 먼저 달려가 가장 빨리 도착할 수 있다면?

이건 기회다!

후기지수들의 눈이 야망으로 뜨겁게 달아올랐다.

총대는 그들의 반응이 흡족하다는 듯 부드럽게 웃으며 금패를 다시 품에 넣었다.

"자, 그럼 이제부터 훈련을 시작하도록 하겠습니다. 이제부터 여러분들은 다섯 명씩 조를 이루도록 하세요. 총원이 이백팔십 오 명이니, 몇 개 조이지? 어쨌든 자, 일차훈련을 같이 받을 동료를 정하세요. 시간은 딱 일각만 드리겠습니다."

그러며 총대는 가볍게 손뼉을 쳤다. 빨리 움직이라는 표현인 듯했다.

그러자 후기지수들은 서로를 돌아보았다.

누구랑 함께 해야 하나를 고민하고 있었다.

그때 총대가 갑자기 생각난 듯이 말했다.

"아! 은천대의 총원은 백 명으로 제한됩니다. 그러니 여러분 중 삼분의 이는 훈련과정 중에 탈락됩니다. 집으로 돌아갈 수 있는 행운을 얻을 수 있다는 거죠. 그러니 제가 조언을 드리자면, 가장 먼저 탈락하고 싶은 분은 조를 구성하지 마십시오. 아주 좋은 기회입니다."

총대가 말을 마치는 순간 삽시간에 장내는 시장통처럼 혼란스러워졌다.

능력 있는 조원을 찾거나, 유력한 조의 일원이 되기 위해 협상과 설득의 고성이 오고갔다.

천마재생

하지만, 단 한 곳만은 여전히 한적하기만 했다.

하소인과 하정천, 재경과 일결이 자리한 곳이었다.

†

하정천은 자신의 주변을 둘러보았다.

하소인과 재경, 그리고 일결.

이 세 명은 훈련조교 총대의 말을 듣지 못한 것처럼 여유롭기만 했다.

하정천이 하소인을 향해 입을 열었다.

"소인아."

하소인이 고개를 끄덕였다.

"그러죠."

이어 하소인이 일결에게로 시선을 돌렸다.

일결은 가볍게 고개만 끄덕였다.

이어 하소인의 시선이 재경에게로 이어졌다.

"이번엔 제가 소협을 구해드릴 차례인 것만 같군요."

그렇게 말하자 재경이 어색하게 웃었다. 아는 사람이라고는 하정천 밖에 없는 재경은 조원을 찾기 힘들었다. 또한 하위무사 출신인데다가 어리기까지 한 그를 조원으로 받아줄 사람도 있을 리 없었다.

하소인의 제안은 재경에게 고맙기만 할 뿐이었다.

그렇기에 재경은 넙쭉 고개를 숙였다.

"감사합니다."

그 순간 하정천이 눈살을 찌푸렸다. 하지만 반대하지는 않았다.

이 자리에서 재경을 가장 잘 아는 사람은 그였다.

재경은 신분이 비천하고, 무공은 형편없으며, 학식 역시 부족하지만, 그를 넘어서는 힘이 있었다.

끈질긴 생명력과 당면한 상황을 정확히 판단하는 시야, 그리고 행운까지.

그러니 하정천은 조를 구성하라고 했을 때 가장 먼저 떠올렸던 사람이 바로 재경이었다.

그가 눈살을 찌푸린 건 재경이 아니라, 하소인 때문이었다.

'능숙하구나.'

바로 낚아채서, 바로 중심을 차지해 버렸다.

'언제 이 녀석이 이렇게 교묘해졌지?'

재능이 없지는 않았지만, 진무가라는 배경에 기대어 살아온 수동적인 아이였다.

그렇기에 예쁘장한 용모 외에는 그의 눈길을 잡을만한 건 아무것도 없던 녀석이었다.

'그 사이에 무슨 일이 있었던 거냐?'

하소인은 하정천의 눈길을 가벼운 미소로 받아냈다. 그

49

리고 과장되게 주변을 두리번거리며 말했다.

"그나저나 한 명이 부족하네요."

하정천은 그녀에게서 시선을 떼고, 주변을 두리번거렸다.

조원은 모두 다섯 명이어야 했다.

한 명이라도 부족하면, 은천대원의 자격을 박탈당한다.

그러니 서둘러 한 명을 채워야만 했다.

아무나 여서는 안 된다.

다섯 명으로 조를 이루라고 했다면 분명 그만한 이유가 있기 때문일 것이다.

그러니 전력이 될 만한 녀석이어야 한다.

아니면 재경처럼 남다른 특성이 있거나.

하정천은 제협회의 후기지수들 중에서 제법 역량이 있는 이름을 떠올려 보았다.

하지만 그들은 이미 삼소천의 주변에 서 있었다.

'흐음.'

이미 채워졌다는 거다.

아쉽지만 별 수 없었다.

조원을 찾지 못해 떠도는 녀석 중 한 명을 골라서……

'응?'

오륜마교 쪽이 갑자기 웅성거렸다.

그들의 사이에서 한 사람이 튀어 나와 하정천이 있는 방향으로 걸어왔다.

강위였다.

그러자 오륜마교 쪽 후기지수 중 한 명이 튀어 나와 강위의 앞을 가로막았다.

강위가 몇 마디 말을 웅얼거리자, 그를 가로막은 후기지수가 버럭 소리 질렀다.

"그럴 수 없습니다!"

그 순간 강위의 검이 뽑혔다.

동시에 핏물이 튀어 올랐고, 강위의 앞을 가로막았던 후기지수가 허물어졌다.

모든 이들이 놀라 강위를 바라보았다.

하지만 정작 강위는 대수롭지 않다는 듯이 무미건조한 얼굴을 한 채 검을 휘저어 핏물을 털어낸 후, 검집에 집어넣으며 하정천 쪽으로 다가왔다.

대체 뭘 하려는 걸까?

하정천은 살짝 긴장하며 혹시 모를 싸움에 대비했다.

그 사이 그의 앞에 이른 강위가 빙긋 웃더니, 옆으로 고개를 돌려 하소인을 향해 말했다.

"네 명 뿐이죠, 예쁜 아가씨?"

하소인이 빙긋 웃었다.

"아니요. 이제 다섯 명이죠."

강위의 미소가 짙어졌다.

"앞으로 잘 해봅시다."

하정천이 눈을 부라렸다.

"난 승낙한 적 없다."

모두가 하정천에게로 고개를 돌렸다.

하소인이 고개를 갸웃거렸다.

"왜 우리가 오라버니의 허락을 받아야 하죠?"

하정천은 바로 할 말이 없기에 입을 우물거렸다.

그때 벙어리인가 의심될 정도로 말이 없는 일결이 입을 열어 속삭였다.

"잘 가."

그러며 하정천을 향해 손을 저었다.

하정천은 이를 악 다물려, 인상을 썼다. 하지만 하소인의 말이 틀리지는 않았다.

'그래, 이들이 나의 허락을 받을 이유는 없지.'

지금은 말이다.

하정천은 표정을 평소처럼 돌리고 물었다.

"조원으로 받아들이기 전에 하나만 묻고 싶다. 왜 저 자를 죽였지?"

강위는 어깨를 으쓱했다.

"보았지 않나. 앞을 가로 막잖아."

"고작 그런 이유로?"

"우리는 그래. 베일만 하면 베어버려야 해."

"동료가 아니었나?"

"동료? 훗. 내 검을 막았다면 동료일 수 있었겠지. 우리는 그래."

"못 막으면 동료가 아니다?"

강위는 피식 웃었다.

"왜? 못 막겠어?"

하정천이 눈을 얇게 좁혔다.

"막을 이유가 없을 걸? 나는 그래."

강위가 씨익 웃었다.

"그러면 동료가 될 만 하겠네. 나는 그래."

그 둘의 대화를 듣고만 있던 일결이 짧은 한숨을 내쉬었다.

"어설퍼."

그러자 강위와 하정천이 동시에 일결을 돌아보았다.

그때였다.

총대의 외침이 울렸다.

"자! 일각이 지났습니다! 자, 자. 각 조는 단상 앞으로 모이세요!"

이 단순한 과정 중에도 탈락자는 네 명의 탈락자가 나왔다.

모두가 오륜마교의 후기지수였다.

그들이 탈락한 원인은 강위에게 있었다.

강위가 자신의 앞을 가로막았던 오륜마교의 후기지수를 죽인 탓에 조원의 수를 채울 수가 없었던 것이었다.

하지만 강위는 자신과는 전혀 상관없는 문제라는 양 덤덤한 태도로 일관했다.

네 명은 허탈하다는 듯 어깨를 축 늘어트리며 문을 향해 너털너털 걸어갔고, 그들이 나가자마자 문은 바로 굳게 닫혔다.

총대가 말했다.

"자, 그러면 이제부터 바로 훈련을 시작하도록 하겠습니다."

너무 성의가 없었다.

최소한 구분할 수 있도록 각 조의 이름이라고 지어줄 줄 알았는데, 그저 각 조가 다섯 명의 구성원을 이루었는지 정도만을 확인하는데 그쳤을 뿐이었다.

훈련을 빙자한 시험이기 때문일까?

분명 총대는 은천대의 정원을 백 명으로 한정될 것이라고 했다.

그러니 이제부터 벌어질 일은 훈련이 아니라, 선별을 위한 시험과정이라고 해야 마땅했다.

하지만 아는 사람은 안다.

이제부터의 과정이 얼마나 힘겨울 지를.

"이제부터 여러분이 거칠 훈련과정은 약칭하여 백궁(白宮)이라고 합니다."

총대의 말을 들은 순간 하소인의 눈이 커졌고, 일결의 눈동자가 파르르 떨렸다.

하소인이 급히 일결 쪽으로 고개를 돌렸다. 그리고 어색하게 웃었다.

"아, 아니겠지?"

일결은 침을 꿀꺽 삼켰다.

"아닌 게 아닐 것 같습니다, 아가씨. 저 표정 보세요."

하소인은 일결의 고갯짓을 쫓아, 단상 위에 서 있는 총대의 얼굴을 살폈다.

그 순간 하소인의 얼굴이 구겨졌다.

"저 못된 표정 보니, 진짜네."

총대는 하소인의 말마따나 음흉하면서도 짓궂은 미소를 머금고 있었다. 딱 '너희도 한 번 당해봐라'라는 표정이었다.

총대가 외쳤다.

"본래 백궁은 크게는 일곱 개, 작게는 열아홉 개의 관문으로 나뉘어 있습니다만, 여러분은 운 좋게도 딱 네 개의 관문만을 거치게 됩니다. 아, 이 운 좋은 새끼들. 부럽다, 부러워."

하소인과 일결은 나름 안도의 한숨을 내쉬었다. 하지만 다른 후기지수들은 그 말의 의미가 무엇인지를 알 수가 없기에 그저 멀뚱거리고 듣고만 있었다.

백궁이라는 두 글자가 무엇을 뜻하는지도 모르고 있기 때문이었다.

하지만 한 명만은 짐작해 냈는지, 눈을 얇게 좁히며 이렇게 중얼거렸다.

"백궁? 궁주님들이 거쳤다던 그 훈련과정을 말하는 건가?"

강위였다.

그의 혼잣말을 엿들은 하정천이 물었다.

"뭔가 아는 게 있는가?"

강위는 슬쩍 그를 돌아본 후, 고개를 갸웃거리며 말했다.

"내가 아는 백궁이 맞다면……."

"맞다면?"

"거긴 지옥일 거야."

"지옥?"

†

백궁.

수라천마 장후가 만들어낸 인재양성기관.

수많은 기재가 백궁의 입구로 들어갔지만, 출구로 빠져 나온 건 단 열세 명밖에 없다.

그들은 백궁마수(白宮魔首)라고 불렸고, 수라천마 장후의 수족이 되어 집마맹과의 전쟁을 승리로 이끈 주역이 되었다.

백궁마수는 전쟁 중에 다섯이 죽었지만, 살아남은 여덟은 오대마령과 함께 오륜마교를 창설하였고, 오륜마교의 실질적인 권력자라는 팔대궁주가 되었다.

팔대궁주를 만들어낸 기관, 백궁!

단순하게 평가하면 백궁을 통과한 자는 팔대궁주에 버금가는 실력을 갖출 수가 있다는 뜻이다.

팔대궁주 중 일인이었던 광일궁주는 누군가 백궁을 거론할 때면 이리 말했다고 한다.

"틀린 말은 아니야. 일개 나무꾼에 불과했던 나를 단 이년 만에 소림의 장문인과 비견할 정도로 만들어 주었으니."

그들의 말은 무림인을 경악케 했다.

단 이년 만에 절정의 끝에 이를만한 실력자로 만들어 주다니.

누군가는 백궁의 안에는 집마맹의 마공을 능가하는 속성의 마공이 기록되어 있다고 했다.

57

또 누군가는 천금을 주고도 살 수 없는 영약이 산처럼 쌓여 있기에 그럴 것이라고 짐작했다.

하지만 무림이라는 세상을 제대로 겪어온 노회한 고인들은 고개를 가로 저었다.

속성의 마공이나 천고의 영약은 강자를 만들 수는 있지만, 진정한 고수를 탄생시키기에는 부족했다.

고수란 성을 쌓아올리는 것과 그리 다르지 않다.

인력과 재료가 충분하다고 해서 되는 일이 아니다.

계획과 과정, 인고의 세월을 요구한다.

팔대궁주는 진정한 고수였다.

급히 쌓아올린 모래성이 아니라, 산처럼 크고 높고 웅장한 성이었다.

그러니 백궁에는 분명 뭔가가 있다.

수십 년 세월을 단축시킬 수 있는 위험하면서도 두려운 것이…….

그럼에도 가질 수만 있다면 단숨에 강호 정점에 이를 수 있는 놀라운 것이!

총대가 외쳤다.

"자, 바로 훈련을 시작합니다. 훈련기간은 대략 사십 일 정도가 될 것 같습니다. 길죠?"

후기지수들은 콧방귀를 뀌었다.

고작 사십일 동안 뭘 가르칠 수 있다고?

하지만 하소인은 얼굴을 굳히며 이렇게 중얼거렸다.

"사십 일 씩이나?"

일결은 아무 말도 하지 않았지만, 대신 괴롭다는 듯이 인상을 구기며 한숨을 쉬었다.

"자, 이제부터 여러분은 백궁의 일관, 백보정심관(百步 淨心關)에 입관하게 될 것입니다. 훈련기간은 삼 일. 통과한 생도에게는 칠 일의 휴일을 가질 수 있습니다."

삼일 훈련하고 칠일을 쉰다고?

어이가 없다.

하지만 후기지수들은 계속 들어보기로 했다.

단 기간에 혹독한 수련을 받으면, 다음 단계로 넘어가기 전에 몸을 회복시켜야할 필요가 있을 때도 있다.

휴일을 칠일이나 주는 건 그렇기 때문인지도 몰랐다.

총대가 손가락으로 단상을 가리키며 말했다.

"백보정심관은 바로 여기 이 곳입니다. 이렇게 저를 따라하기만 하면 됩니다."

총대는 갑자기 단상의 왼쪽 끝으로 달려가더니, 한 걸음씩 천천히 내딛었다.

그의 표정이 흉악해지고, 전신은 근육으로 뭉쳤고, 이는 악 물려 비틀렸다.

그의 걸음은 지루할 정도로 느렸고, 답답할 정도로 신중했다.

반 시진 정도 지났을 쯤에야 총대는 단상의 오른쪽 끝에 도달할 수 있었다.

백 걸음 정도?

딱 그 정도 거리였다.

총대는 헉헉거리며, 후기지수들을 향해 말했다.

"보셨지요? 딱 저처럼만 하시면 됩니다. 이게 일관입니다."

후기지수들의 눈이 반쯤 접혔다.

대체 뭐하자는 수작인지 모르겠다.

총대가 씩 웃었다.

"어때요? 저, 병신 같았죠? 한 번 해보시면 알 겁니다. 너희는 진짜 병신이 될 테니까요."

하소인이 뾰쪽한 목소리로 외쳤다.

"이건 너무 심하잖아요! 백보 말고, 오십보로 하죠! 훈련도 좋지만, 그러다가 애들 다 죽어요!"

후기지수들의 시선이 하소인을 향했다.

애는 또 뭐하자는 걸까?

저 장난을 받아주는 거야?

총대가 씩 웃으며 말했다.

"얘들, 이대로 전장에 투입되면 어차피 죽어요. 오늘 곱게 죽는 것이 나중에 더럽게 죽는 것보다 낫잖습니까? 그

분의 뜻이기도 하고요."

하소인이 짧은 한숨을 내쉬었다.

"그렇다면 별 수 없죠."

총대가 마침 생각났다는 듯 말했다.

"아! 맞다. 백궁은 단체훈련과정입니다. 조원 모두가 통과해야 만이 인정됩니다. 조원 중에 단 한명이라도 통과하지 못하면 그 조는 모두 탈락합니다."

저걸 누가 통과 못한다고?

"자, 시작합니다. 아, 맞다. 바깥에서는 협륜문의 개파를 위해 연회가 벌어질 예정입니다. 일찍 통과하신 생도분들은 남은 시간동안 연회를 즐기시는 것도 나쁘지 않겠네요. 저처럼요. 자, 그럼 수고들 하세요."

그러며 총대는 단상에서 휙 하고 내려와 손을 흔들며 문을 향해 걸어갔다.

턱.

정말 나갈지 몰랐다.

후기지수 중 누군가 속삭였다.

"뭐 저런 미친놈이 다 있지?"

다른 사람이 모두에게 묻듯이 말했다.

"우리, 속은 거 아냐?"

그럴지도 몰랐다.

저런 경박한 녀석이 훈련조교랍시고, 나타났다는 게 말

61

이 되지 않는다.

그때, 누군가 단상 위로 올라갔다.

"속는 셈치고 해보는 것도 나쁘지 않지요."

도사의 복장을 한 청년이었다.

삼소천 중 일인인 청후(靑煦)로, 고작 스물일곱이라는 어린 나이에 무당파를 대표할 만한 도인에게 부여되는 진인(眞人)이라는 칭호를 얻은 천재였다.

청후는 왼쪽 끝으로 다가가더니, 오른쪽 끝을 바라보며 한 걸음을 내딛었다.

"헉!"

그는 내민 발을 땅에 붙이지 못하고 되돌렸다.

그의 눈과 입은 찢어질 듯이 크게 벌어져 있었다.

대체 무슨 일일까?

청후는 심각한 표정을 짓더니, 다시 발을 들어올렸다.

그 모습은 벼랑 끝에 서서 절벽을 향해 발을 내딛듯이 불안하고 위태롭기만 했다.

내민 발이 천천히 땅에 닿는다.

그 순간 청후가 이를 악물었다.

"ㅇㅇㅇㅇㅇㅇㅇ."

청후는 다시 한 걸음을 내딛었다. 그의 얼굴이 터질 것처럼 새빨갛게 물들었다.

그렇게 세 걸음을 더 내딛었고, 다시 한 걸음을 내딛으려다 순간, 청후는 중심을 잃고 주저앉았다.

그의 모습을 지켜보던 하소인이 속삭였다.

"다섯 걸음씩이나. 대단한데?"

대체 어찌 된 일일까?

청후의 조원들이 일제히 튀어 올라, 청후를 부축하여 내려왔다.

청후의 낯빛은 종이처럼 새하얘져 있었다.

후기지수들은 청후를 둘러싸고, 그가 뭔가를 설명해주기를 기다렸다.

잠시 후, 청후는 자신의 두 발로 일어날 수 있었고, 자신을 바라보는 이들을 향해 말했다.

"일보일사(一步一死)."

누군가 깜짝 놀라 외쳤다.

"천결용보(千缺勇步)? 지금 저게 천결용보라 말하는 거요?"

청후는 느리게 고개를 끄덕였다.

"그런 것 같소이다."

†

"천결용보. 과거 천결살가라는 문파가 남긴 심법이지. 무공이 강해진다거나, 기혈을 뚫어 내력의 흐름을 보다 원

활하게 해준다거나, 그런 실제적인 도움을 주는 건 아니야. 하지만 그보다 더한 힘을 가질 수 있지. 담력. 생사를 가를 순간이 닥쳤을 때에도 지루하다며 하품을 할 수 있을 만한, 절대고수에 준하는 여유와 마음가짐을."

재경이 묻는 말에 일결이 설명해 주고 있었다.

이상하게도 일결은 재경에게 친절했다.

후기지수 중 유일하게 나이가 비슷해 보였기 때문일까?

단지 그런 이유는 아닌 듯했다.

일결의 설명은 계속 이어졌다.

"천결용보의 방식은 단순해. 한 걸음마다 죽음의 감정을 떠올리게 만들지. 벼락을 맞아 죽을 때, 낭떠러지에 떨어져 죽을 때, 연기에 질식해서 죽을 때, 물에 빠져 허우적대다가 죽을 때……. 그때 사람이 느끼는 감정을 떠올리게 하는 거지. 한 걸음마다 그렇게 죽음을 겪는 거야."

재경이 침을 꿀꺽 삼킨 후 물었다.

"백 걸음이면 백 번?"

일결이 고개를 끄덕였다.

"그래. 백 번이지. 본래 천결용보는 일흔 여덟 걸음으로 이루어져 있었다는 데, 스물 두 걸음을 늘인 거지."

"대체 누가?"

"그 만큼 죽음의 감정을 겪어본 분이겠지?"

그러며 일결은 스산한 미소를 그렸다.

하지만 바로 미소를 지우고 답답하다는 듯 중얼거렸다.

"그나저나 통과 못하면 놀림감을 될 텐데."

재경이 물었다.

"자신이 없습니까?"

일결이 소리 없이 웃었다.

"조교가 조원 모두가 통과해야만 된다고 했잖아."

재경이 입을 벌려 짧은 탄성을 뱉었다.

"아! 저 때문이군요?"

그러며 부끄럽다는 듯 얼굴을 붉혔다.

하지만 일결은 고개를 저었다.

"아니. 너 때문이 아니야. 저 녀석 때문이지."

그러며 일결은 시선을 하정천에게로 돌렸다.

†

재경은 일결의 말을 그대로 받아들일 수 없었다.

백보정심관을 통과하는데 문제가 될 사람이 자신이 아니라, 하정천이라니.

그가 겪어본 하정천은 대단한 사람이었다.

무슨 난관이 봉착해도 뚫고 나갈 수 있을만한 기지와 실력을 갖춘, 여기 있는 후기지수 중에서 단연 발군이라고 할만 했다.

그가 불가능하다면, 이곳에 있는 그 누구도 통과할 수 없을 것이다.

재경은 그렇게 여겼다.

일결이 그런 재경의 마음을 짐작했는지 이렇게 설명했다.

"저 백보정심관이라는 관문은 무공의 상승이나, 재능을 개화시키기 위한 관문이 아니야. 마음을 단련시키는 관문이지. 그러니 무공실력이 뛰어나거나, 재능이 많다고 해서 넘을 수 있는 관문이 아니라는 거야. 마음. 단단하고 확고한 정신을 이룬 사람만이 넘을 수 있어. 죽음을 피할 수 없는 순간, 외면하지 않고 오히려 한 걸음을 내딛을 수 있는 사람만이 통과할 수 있다는 거야."

재경은 눈을 좁히며 고민에 빠졌다.

죽음을 피할 수 없는 순간이 있었던가? 있었다면 난 그때 어떻게 대처했었나?

그걸 떠올리는 듯했다.

그의 얼굴을 살피던 일결이 말했다.

"할 수 있어, 너는."

재경이 생각에서 빠져나와 눈을 깜빡였다.

"어떻게 알죠?"

"그냥 보면 알아."

재경이 일결의 얼굴을 빤히 바라보았다.

일결은 평소처럼 무심한 눈으로 그를 마주 보며 말했다.

"삶이란 죽음의 형제야. 그렇기에 죽음의 곁에 삶은 머물지. 반대로 삶의 옆에 죽음은 그림자처럼 붙어 있어. 그렇기에 살아있는 건 모두 죽어. 그건 사람이라면 누구나 아는 진실이야. 하지만 대부분이 몰라. 마치 나만은 죽지 않을 것처럼 굴지. 너는 어떻지?"

"죽죠. 저는 죽습니다."

"맞아. 나도 죽어. 그걸 알지. 그렇기에 살려고 하지."

"맞아요. 살려고 합니다."

일결이 마음에 든다는 듯 빙긋 웃었다.

"넌 제대로 알아. 죽음에 대처하는 삶의 자세를. 어디서 어떻게 배웠는지 모르겠지만, 넌 이미 정심을 가지고 있어. 그러니 너에게 백보정심관은 그리 어려운 관문이 아니야. 하지만……."

일결은 고개를 돌려, 단상을 향해 걸어가는 하정천을 바라보았다. 그러며 멈췄던 말을 이었다.

"저 녀석은 몰라. 어떤 위협이 다가와도 자신만은 죽지 않을 것이라고 여기며 살아왔으니까."

천마재생

그 사이 하정천은 단상의 왼쪽 끝에 도착해 있었다.

그는 호흡을 잠시 고르더니, 오른쪽을 향해 발을 내밀었다.

표정만은 쉬지 않고 내딛어 백 걸음을 이어가, 바로 오른쪽 끝에 도달할 것이라는 듯 자신만만했다.

그가 내민 발이 바닥에 닿는다.

그 순간 하정천은 바로 무릎을 굽히고 주저앉았다.

그 잠시 사이 식은땀이 물처럼 흘러내려 그의 얼굴과 몸을 적셨다.

"뭐, 뭐야."

그는 물에 빠졌다 나온 생쥐처럼 부르르 떨며 그렇게 속삭였다.

†

하루가 지났다.

단 백 걸음만 걸으면 통과할 수 있는 이 어이없는 관문을 통과한 후기지수는 아무도 없었다.

어이없게도 그랬다.

삼소천 세 명이 모두 똑같이 마흔 두 걸음을 내딛은 게 가장 뛰어난 성과였다.

그리고 오륜마교 쪽 후기지수 중 열다섯 명이 마흔 걸음을 내딛음으로써, 전체적으로는 제협회에 비해 오륜마교의 수준이 더 뛰어나다는 걸 증명하는 듯했다.

그리고 두 번째 날의 아침이 밝았을 때, 드디어 최초의 통과자가 나왔다.

하정천을 제외하고는 누구의 눈길도 받지 않았던 소년, 바로 일결이었다.

일결이 단상에 올라섰을 때, 그를 살피는 사람은 아무도 없었다. 그가 오십 보를 넘었을 때에야 드디어 후기지수들은 하나 둘씩 이상함을 느끼고 일결을 향해 고개를 돌렸다.

"뭐야, 쟤?"

"저 꼬마 녀석, 지금 오십 보가 넘은 거 같은데?"

"설마. 잘 못 본 거 아니야? 어라?"

일결은 잠시도 멈추지 않은 채 걸어갔고, 결국 구십 보 정도가 되었을 쯤에야 긴장한 듯이 신중해졌다.

그리고 구십팔보가 되었을 때, 비로소 멈췄다.

지켜보던 모든 이들이 침을 꿀꺽 삼켰다.

단 두 걸음.

최초의 통과자가 나온다.

저런 허약해 보이는 소년이 한다면 나도 할 수 있을 것이다.

모두가 그런 생각을 하는 가운데, 멈춰 있던 일결이 다시 발을 내딛었다.

바닥에 닿는 순간 휘청하며 무릎을 굽힌다.

그 광경을 보는 모든 이들이 아쉬움에 낮은 탄성을 뱉었다. 하지만 일결은 쓰러지지 않았다.

반쯤 굽혔던 무릎을 펴며 이를 악 물었다.

그 순간 모두가 외쳤다.

"이제 한 걸음이다!"

"꼬맹이! 한 걸음 남았어!"

"힘내라!"

후기지수들은 제협회와 오륜마교의 구분을 두지 않고 모두가 섞여 일제히 외쳐댔다.

그들의 응원에 힘이 났는지 일결은 다시 한 걸음을 내밀었다.

그 순간 일결의 눈과 코, 입이 찢어질 듯 벌어졌다.

그의 발은 공중에서 멈춘 채, 바닥을 향해 내려오지 않았다.

그 모습을 지켜보는 후기지수들은 모두 긴장된 얼굴로 일결의 발이 땅에 닿기를 기다렸다.

거의 반각 정도의 시간이 흘렀다.

일결은 그 동안 얼어붙어 있는 것처럼 발을 든 채 멈춰 있었고, 지켜보는 후기지수는 그가 실패했다는 생각을 하며 아쉬움과 답답함의 한숨을 내쉬었다.

그러며 하나 둘씩 몸을 돌렸다.

그때, 일결이 움직였다.

쾅!

일결의 발이 바닥을 닿는 순간, 천둥과도 같은 굉음이 울렸다.

때문에 돌아섰던 후기지수들은 일제히 몸을 돌렸고, 오른쪽 끝에 서 있는 일결을 볼 수 있었다.

최초의 통과자가 나오는 순간이었다.

일결은 훌쩍 뛰어 내려, 자신의 조원들이 있는 방향으로 걸어갔다.

하소인이 웃음으로 그를 맞이해 주었다.

"힘들었어?"

일결이 고개를 끄덕였다.

"네. 쉽지는 않았습니다."

하소인은 울상을 지으며 입을 삐죽거렸다.

"어쩐다? 네가 힘들 정도면 난 안 되겠네."

일결이 빙긋 웃었다.

"저한테까지 이러시면 곤란합니다."

"너니까 이러는 거지. 마지막 두 걸음은 왜 그랬어?"

일결은 미소를 지우고, 목소리를 낮게 깔아 말했다.

"해보시면 알 겁니다. 좀, 괴롭습니다."

"힘든 게 아니라 괴롭다?"

"네. 아가씨는 더더욱 그럴 겁니다."

하소인은 물끄러미 일결을 바라보다가 단상을 향해 고개를 돌렸다.

"그럼 해볼까?"

그러며 단상을 향해 걸어갔다.

잠시 후, 하소인은 두 번째 통과자가 되어 일결에게로 돌아왔다.

†

시간은 물처럼 흘러가, 사흘이 되었다.

그동안 후기지수 중 절반이 포기하고 문 밖을 나갔다.

나머지 절반은 대부분 좌절한 채 바닥에 넋 놓고 앉아 있었다.

고작 사흘 만에 그들의 가슴과 머리에 새겨진, 내일의 강호무림을 이끌어갈 사람이 바로 자신이라던 자신감과 오만은 산산이 부서져 버렸다.

훈련조교 총대가 말한 훈련시간을 세 시진 정도 밖에 남지 않은 상황이건만, 통과자는 제협회와 오륜마교 쪽을 다 합하여 고작 네 명에 불과했다.

일결과 하소인, 강위, 그리고 재경이었다.

그 넷이 모두 같은 조원이라는 게 놀라웠다. 하기에 그들만이 아는 편법이나 묘책이 있을 지도 모른다는 생각에 후기지수들은 접근하여 묻기도 했다.

하지만 그들은 고개를 저으며, 이리 말할 뿐이었다.

"그랬다면 조원 모두가 통과했겠지요."

그 말은 하정천에게는 지독히도 모욕적으로 다가왔다.

하지만 변명할 수도 없었다.

그 만은 아직까지 단 한 걸음도 내딛지 못했으니까.

'왜일까?'

하정천은 지금 자신의 처지를 받아들일 수가 없었다.

한 걸음조차 내딛지 못한 건 오직 그 뿐이었다.

하정천은 검을 들고 생사를 겨룬다면 이 곳에서 최소한 다섯 손가락 안에는 들 것이라고 여겼다.

그건 오만이 아니라, 자신감이었다.

'그런데 왜 내가?'

하정천은 지그시 눈을 감았다.

흥분해서는 안 된다.

자책해서도 안 된다.

할 수 없다면 할 수 없는 이유가 있을 것이고, 그 이유를 알아야 해낼 수가 있다.

그걸 알아야 한다.

하지만 스스로 깨닫기에는 시간이 너무 부족했다.

그러니 배워야 한다.

'배우자.'

하정천의 눈이 뜨였고, 그의 눈동자 안에 네 명이 담겼다.

일결과 하소인, 강위와 재경이었다.

자신의 조원이자, 백보정심관을 통과한 네 사람.

가장 가까이 있지만 가장 께름칙한 이들이다.

하지만 어쩔 수 없다.

'지금의 약자는 나이니까.'

하정천은 그들을 향해 다가가 천천히 입을 열었다.

그가 도움을 청하기 위한 말을 하려는 찰나, 일결이 먼저 말했다.

"삼십 보."

무슨 소리일까?

"넌 이제 삼십 보까지 나아갈 수 있어."

뒤이어 강위가 말했다.

"조금 무리하면 삼십 오보까지도 가능할 거야."

하소인이 동감이라는 듯 고개를 끄덕였다.

"하지만 삼십 육보는 무리에요."

하정천이 그들을 둘러본 후 물었다.

"어째서 그렇게들 생각하는 거요?"

차분한 목소리와 정중한 태도.

지금까지 그들을 견제하거나, 경계하기 위해 보였던 태도와는 전혀 달랐다.

그 순간 재경이 말했다.

"제대로 설명을 드릴 수는 없지만, 저 역시 그럴 것이라고 봅니다. 흠. 이렇게 말씀 드려야 할까요? 정천 형께서 저희에게 도움을 청하고자 했던 마음, 그것만으로도 삼십 오보까지는 내딛을 수 있습니다."

하정천이 재경을 돌아보더니, 뭔가 알겠다는 듯 살짝 고개를 끄덕였다.

"그렇군. 그런 거였어."

뭔가 알겠다는 듯한 말투였다.

그 순간 일결이 중얼거렸다.

"육십 보."

뒤이어 강위가 말했다.

"무리하면 육십 오보까지도 가능하겠어."

이번에도 하소인이 동감이라는 듯 고개를 끄덕였다.

하정천이 빙긋 하고, 맑은 미소를 그렸다.

"그럼 이제 서른다섯 걸음 남았군."

기다렸다는 듯이 재경이 말했다.

"정천 형님. 아! 제가 형님이라고 불러도 되겠습니까?"

하정천이 고개를 끄덕였다.

"불러라. 싫지는 않으니까."

"좋습니다. 그럼 제가 몇 마디 조언을 드려도 되겠습니까?"

"원하는 바이다. 몇 마디가 아니라 몇 백 마디라도 괜찮다."

"알겠습니다. 형님. 형님께서는 죽고 싶은 적이 있었습니까?"

"있었지."

"정말 있었습니까? 아무것도 할 수 없고, 아무것도 이룰 수 없고, 아무것도 해낼 수 없는 자신이 원망스러워, 살아갈 수 있는 힘이나 이유 따위는 없었던 적이 정말 있으셨습니까?"

하정천이 대꾸하려다 말고 입을 다물었다.

그러자 재경이 씁쓸한 미소를 머금었다.

"그렇지요? 전 있었습니다. 없었던 적이 없었죠. 태어난 그 순간부터 그랬으니까요. 형님, 부모가 뭔지 모릅니다. 제 부모는 쓰레기통이라고 했습니다. 저는 쓰레기통에 담겨 있었으니까요. 목청이 크지 않았다면, 그래서 제 울음소리가 들리지 않았다면 전 고작 며칠 정도나 살았을까요? 전 궁금했습니다. 제가 그토록 울어댔던 건 나를 쓰레기통에 버린 부모에 대한 원망이었는지, 아니면 살고 싶은 발악이었는지. 그것도 아니면 죽고 싶다는 애원이었는지를. 그 후로 지금까지 전 살아가기 위해 매 순간 고민하고 선택하여야 했습니다. 싸워서 쟁취해야만 했죠. 그렇기에 죽음은 제게 사치였습니다. 달콤한 꿈이기도 했지요. 그렇게 산다는 게 어떤 건지 아십니까? 알 수가 없겠죠."

재경이 잠시 한숨을 뱉기 위해 말을 멈췄다. 그런 후 하정천을 똑바로 바라보며 물었다.

"형님. 제가 왜 형님이 싫었는지 아십니까? 이래서입니다. 형님께서는 모든 걸 갖추었기에, 아무것도 없습니다. 좋은 집안의 자식이라는 게 형님의 이름입니까? 좋은 집안에서 배웠다는 게 형님의 경험입니까? 노력은 하셨겠지요. 그렇기에 이렇게 대단해 지셨겠지요. 하지만 당신의 것이 없습니다. 당신 스스로 원하고 이루어낸 건 아무것도 없다는 겁니다. 형님은 형님이 아닙니다. 보기좋은 허울에 불과합니다. 또한 누군가의 인형일 뿐입니다. 저는 형님의 대단함은 인정하지만, 형님의 인형 같은 삶을 인정할 수 없었습니다."

하정천의 얼굴이 딱딱해졌다. 눈빛은 날카로워졌다. 당장이라도 검을 뽑아들어 재경의 머리통을 잘라낼 듯한 살의가 느껴졌다.

하지만 그의 입에서 흘러나오는 말은 전혀 달랐다.

"죽음이 사치일 수도 있다는 것. 정말 몰랐다. 알려줘서 고맙다."

재경이 물었다.

"정말 고마우십니까?"

하정천은 고개를 끄덕였다.

"고맙다. 그리고 고마울 수 있게 만들겠다."

그러더니 깊이 숨을 들이마셨다. 그리고 입을 쩍 벌리더니 크게 숨을 내쉬었다. 폐부에 깃든 공기를 모두 뽑아내려는 듯했다.

그리고 입을 쩍 벌리더니 모든 치아를 드러내고 웃었다.

"이러면 되겠느냐?"

"이게 형님입니까?"

"모르겠다. 난 누구인지. 하나는 알겠구나. 나도 널 그리 좋아하지는 않는다는 걸."

재경이 씩 웃으며 고개를 끄덕였다.

"저도 그건 알고 있습니다."

그 순간 일결이 속삭였다.

"구십 보."

이어 강위가 말했다.

"무리 하면 구십오보까지도 가겠는데?"

하소인이 동감이라는 듯 고개를 끄덕였다.

그 순간 하정천이 단상 쪽으로 몸을 돌리며 말했다.

"다 틀렸어."

그리고 걸어 나가며 한 마디를 툭 뱉었다.

"백보야."

第七十三章.

그럴 리가 없잖아

第七十三章.

그럴 리가 없잖아

하정천.

진무하가의 직계혈손.

실력과 재능을 인정받아 진무하가의 소가주가 되기 위한 수업을 받고 있는, 향후 검성 하지후를 승계하여 진무하가를 이끌어갈 동량.

'지우자.'

하정천은 자신이 알고 있는 자신의 정보를 지우려 했다.

'그건 내가 아니니까.'

그 모든 건, 가문이 정해놓은 나이고, 가문이 정한 미래이다.

그렇기에 난 나이지 못했다.

"후우우우우우우우."

길게 숨을 내쉰다.

다시 크게 숨을 들이 쉰다.

호흡은 중요하다.

호흡이란 삶의 근간이며, 어쩌면 모든 것이다.

자아라는 의식을 만들어낸 양분이기도 하다.

그러니 깊게 들이 쉬고, 길게 내쉰다.

그럼으로써 지금 이 순간 내가 살아있다는 것, 그 자체
의 소중함을 만끽하자.

그것이야 말로 이제부터 겪을 죽음의 걸음에 대항할 수
있는 유일한 무기일 테니까.

하정천은 단상의 왼쪽 끝으로 다가가 멈춰 섰다.

단 백 걸음이면, 오른쪽 끝에 닿을 수 있다.

하지만 후기지수 중 유일하게 하정천 만이 지난 사흘 동
안 단 한 걸음도 내딛을 수가 없었다.

어째서일까?

백보정심관은 죽음에 이르렀을 때 떠오르는 감정을 느
끼게 하는 관문이라고 했다.

어떻게 그럴 수 있는 건지는 모르겠지만, 그 감정은 지
독히 괴롭고 외로우며 슬프고 힘들었다.

자신에게 이런 감정이 있다는 걸 하정천은 처음 알았다.
그리고 놀랐다.

다른 후기지수들은 이와 유사한 감정을 이미 알고 있었고, 넘어섰다는 것.

그건 이 곳에 모인 후기지수 중 오직 자신만이 죽음에 닥쳐본 적이 없다는 뜻이나 다름없었기 때문이었다.

받아들일 수가 없었다.

하정천은 지난 몇 년 동안 진무하가의 후계자 수업을 위해 변방과 밑바닥을 전전하며 지냈었다.

혹독한 시련이었고, 괴로운 시간이었다.

목숨을 빼앗길 위기의 순간이 수십 번도 넘었다.

그렇기에 하정천은 자신이 여기 모인 후기지수 중에서 가장 빨리 이 백보정심관을 통과하는 인물이 될 것이라고 자신했었다.

그런데 그 반대였다.

왜일까?

이제 알겠다.

'난 진정 죽음을 겪어본 적이 없기 때문이야.'

지난 수년의 시간동안 바닥을 전전하며 많은 경험을 쌓았고 위협을 넘겼지만, 자신이 죽을 것이라고 여겼던 적은 한 번도 없었던 것이다.

무의식 저 안에서 나는 선택되었기에 죽음은 나의 것이 아니라고 여기고 있었던 것이다.

내게 닥친 위협은 언제라도 빠져 나갈 수 있는, 그렇지만 필요하기에 겪어주는 일종의 유희처럼 여겼던 듯하다.

재경의 말을 통해 알 수 있었다.

'저 녀석의 눈에 비친 난 가식덩어리였겠지.'

인정한다.

그래, 가식덩어리였다.

'그게 어때서?'

이제부터 아니면 되지.

'난 나아간다.'

하정천은 걸음을 내딛었다.

그 순간 기다렸다는 듯이 치밀어 오르는 감정이 낯설고 섬뜩하다.

'이게 죽음인가?'

두려움을 참을 수 없어 몸이 떨려온다.

당장에 쓰러질 것만 같았다.

하지만 그럴 수는 없다.

하정천은 두려움을 이기기 위해 마음으로 크게 외쳤다.

'난 죽는다!'

그래, 난 죽는다.

언제고 죽는다. 이름 모를 병을 얻어 죽을 수도 있고, 비 오는 날 떨어진 낙석에 얻어맞아 죽을 지도 모르지.

죽음은 그렇듯 예기치 못한 순간에 찾아온다.

'살아있다는 건 이미 죽음을 향한 여정에 지나지 않아.'

그러니 받아들이자.

이건 고통이 아니라, 당연한 순리이다.

죽음을 알면서도 나아가야 한다는 것.

'그래. 인생이구나.'

하정천의 발이 바닥에 닿았다. 그리고 바로 이어졌다.

그렇게 하정천은 나아갔다.

한 걸음, 한 걸음 조심스럽고 신중하게.

하지만 자연스럽게.

그는 그렇게 자신의 인생을 찾아가고 있었다.

†

하정천의 걸음은 계속 이어졌고, 칠십을 넘어 팔십을 향해하고 있었다.

통과자인 네 명을 제외하면 지금까지 최고의 성과였다.

그렇기에 후기지수들은 행동을 멈추고, 하정천을 물끄러미 바라보았다.

그의 걸음이 드디어 구십 보 째로 이어지고 있었다.

이제 열 걸음 남았다.

고작 열 걸음만 더 내딛으면, 다섯 번째 통과자가 나오는 것이다.

하정천은 후기지수들의 기대반 질투반의 시선을 받으며 계속 걸어 나갔고, 아흔 여덟 걸음까지 순탄하게 이어졌다.

그리고 아흔 아홉 걸음을 내딛는 순간, 하정천의 발이 공중에서 멎었다.

그러며 파르르 몸을 떨었다.

그 순간, 지켜보고 있던 일결이 속삭였다.

"무섭겠지."

강위가 동감이라는 듯 어깨를 으쓱했다.

"그렇겠지. 깜짝 놀랐어. 그런 환상이 있다니. 실제였다면 뒤도 안돌아보고 도망쳤을 거야."

재경 역시 생각이 났다는 듯 몸서리를 쳤다.

하지만 하소인만은 부드럽게 웃으며 말했다.

"전 환상이 아니었으면 했어요."

그녀의 목소리에는 그리움이라는 감정이 가득 담겨 있었다.

그렇기에 모두가 그녀를 돌아보았다.

강위가 침을 꿀꺽 삼킨 후, 물었다.

"실제로 그런 인물이 있다는 겁니까?"

하소인은 고개를 끄덕였다.

"네. 있죠. 아니, 있었죠."

그리고 방긋 웃으며 말을 이었다.

"그리고 실제로 보면 더 해요."

†

　구십보를 넘으면서부터, 하정천은 한 걸음을 내딛을 때마다 환상을 마주해야만 했다.

　그 환상은 실제 눈앞에서 벌어지는 것처럼 생생했고, 그랬기에 더욱 두려웠다.

　그럼에도 하정천은 나아갈 수 있었다.

　이미 죽음이 주는 감정을 모두 겪은 상황이었다.

　그러니 다를 건 없었다.

　지금까지는 말이다.

　구십구보를 내딛는 순간만은 달랐다.

　환상이 모두 사라지고, 온 세상이 검게 물들었다.

　그리고 어둠 속에서 뭔가가 모습을 드러냈다.

　어둠 저편에서 한 명의 사내가 집채 만 한 크기의 호랑이를 탄 채 서 있었다.

　사내와 눈이 마주치는 순간, 하정천은 지금까지 겪었던 죽음의 감정이 모두 떠올랐다.

　저 사내는 뭔가?

　당장 몸을 돌려 도망치고 싶었다.

　사내가 한 걸음이라도 다가왔다면, 실제로 그렇게 했을 것이다.

　그리고 궁금했다.

89

저런 사내가 정말 있을까?

고작 눈이 마주친 것만으로 몸이 천조각으로 갈리는 듯한 기분이었다.

저 사내가 적이라면?

상상하고 싶지도 않았다.

물론 저런 무서운 존재가 세상에 있을 리 없다.

누군가 만들어낸 상상의 극치일 뿐이다.

문제는 저 무시무시한 환영을 향해 한 걸음 다가가야 한다는 거다.

이건 죽음 이전의 문제이다.

공포로 인해 호흡이 저절로 끊어질 것만 같았다.

몸이 말을 듣지 않는다.

생각조차 이어지지 않는다.

육체뿐이 아니라 영혼까지, 모든 게 산산이 부서진다.

저 사내의 눈빛이 그렇게 만든다.

한 걸음 내딛는다면, 하정천이라는 인간의 존재 그 자체가 천참만륙되어 흩어져버릴 것만 같았다.

'아아아아.'

무너진다.

틱.

하정천은 발이 바닥에 내렸다. 뒤가 아닌 앞이었다.

어떻게 그럴 수 있었는지 몰랐다.

그저 내딛은 것이다.

그럼으로써 하정천은 깨달을 수 있었다.

자신이 이렇게 강했다는 것을.

저 무서운 사내에게 한 걸음씩이나 다가갈 수 있을 정도로, 단단했다는 것을.

그건 하정천에게 형용할 수 없는 환희를 안겨 주었다.

그때였다.

집채만 한 호랑이를 탄 사내는 사라지더니, 바로 앞에서 나타났다. 그리고 손을 뻗어 하정천의 머리를 가볍게 쓰다듬었다.

"잘했다, 아들아. 이제 거의 다 왔다."

하정천은 물끄러미 사내를 바라보았다.

조금 전과는 달리, 장하다는 듯이 환한 미소를 짓고 있었다.

그의 칭찬을 들으니, 아이처럼 눈물이 날 것만 같았다.

사내는 점점 흐려지더니, 안개가 되어 흩어져 버렸다.

하정천은 꿈에서 깨어난 듯한 멍한 얼굴로 잠시 주변을 살펴보았다.

그를 지켜보는 후기지수들의 얼굴만이 또렷하게 들어왔다.

누군가 외쳤다.

"이제 한 걸음 남았소!"

"하 형! 한 걸음이면 통과요!"

하정천은 풀어졌던 표정을 다부지게 고치고 앞을 노려보았다.

이제 한 걸음이다.

또 어떤 환상이 맞이하게 될 런지 모르지만, 이겨내리라.

그렇게 다짐하며 하정천은 한 발을 높이 들어 앞으로 내밀었다.

그 순간, 다시 주변이 검게 물들었다.

하정천을 이를 악물며 곧 나타날 환영을 기다렸다.

그때 어둠을 가르며 푸른빛이 떠올랐고, 휘몰아치더니 사람의 형태를 이루었다.

아니, 사람이 아니었다.

여섯 개의 팔과 세 개의 눈을 가진 사람이 있을 리 없으니까.

만약 있다면?

떠오르는 이름이 있다.

'수라천마 장후?'

하정천을 향해 여섯 개의 팔과 세 개의 눈을 가진 푸른빛의 덩어리가 속삭였다.

"나쁘지 않구나. 좋지도 않지만. 이제부터는 이렇게 쉽지 않아. 단단히 각오하도록."

하정천은 대꾸치 못하고 덜덜 몸을 떨었다.

푸른빛의 덩어리는 씻은 듯 사라졌고, 어둠 역시 바로 흩어져 버렸다.

하정천은 자신도 모르게 발을 바닥에 내려놓았고, 그 순간 우레와 같은 환호성이 터져 나왔다.

"우와! 다섯 번째 통과자이다!"

"하 형! 축하하오! 대단하시오!"

하정천은 떨떠름한 얼굴로 주변을 둘러보았다.

후기지수들이 두 팔을 번쩍 든 채 그를 향해 환호하고 있었다.

하지만 하정천은 그들이 아닌, 먼저 통과한 이들을 향해 시선을 돌렸다.

일결과 하소인, 강위와 재경은 동시에 고개를 끄덕였다. 네가 보았던 게 뭔지를 다 안다는 의미였다.

하정천은 단상을 내려와 그들을 향해 다가갔다.

그리고 그들을 향해 속삭이듯 말했다.

"이 은천대를 계획한 사람이 설마……?"

강위가 대꾸했다.

"그저 우리끼리만 알지."

하소인이 어깨를 으쓱했다.

"아마도 한동안 우리만 알고 있을 것 같네요."

그때였다.

"저 녀석 뭐야?"

"언제 저렇게 많이 걸은 거지? 구십보는 넘은 거 같은 데?"

"그나저나 저 녀석, 누구지? 처음 보는데?"

후기지수들이 떠들어대는 말에 하정천의 고개가 단상을 향해 돌아갔다.

이제 열예닐곱 정도 될 듯한 나이로 보이는 소년이 단상 위에 서 있었다.

후기지수들의 말마따나 소년은 이미 구십보를 넘기어 있었다. 그러고도 멈추지 않고 계속 걸음을 옮겨 구십팔보 에 이르렀다.

그리고 구십구보를 내딛으려는 찰나, 하정천이 그랬듯 이 허공에 발을 멈췄다.

소년이 뭔가 마음에 들지 않는다는 듯이 눈살을 찌푸린 다.

그러며 이렇게 속삭였다.

"왜 내가 아니라 당신이 이곳에 있는 거지?"

그리고 나서야, 발을 내려놓았다.

콰아아앙!

굉음과 함께 소년이 내려놓은 발밑이 깊이 파였다.

소년은 바로 걸음을 내딛어 백보를 채운 후, 단상에서 내려왔다.

모두가 침을 꿀꺽 삼키며 소년을 바라보았다.

후기지수들이 아는 건 이 소년은 조금 전에 이곳에 나타났고, 바로 백보정심관을 통과했다는 것뿐이었다.

대체 정체가 뭘까?

소년이 무심한 눈으로 자신을 바라보는 후기지수들을 천천히 쓸어본 후 말했다.

"부대주이다. 앞으로 잘 해라."

부대주?

이 정체모를 소년이 은천대의 부대주라고?

소년은 용건을 마쳤다는 듯이 뚜벅뚜벅 걸음을 옮겨, 하정천이 있는 방향으로 다가갔다.

그리고 한 번 쓸어보더니, 강위를 발견하고는 다가가 가볍게 어깨를 두들겼다.

"통과했지?"

강위가 크게 고개를 숙였다.

"네!"

"그래야지. 실망시키지 마라. 지켜보겠다."

"가, 감사합니다!"

부대주라는 소년은 마음에 든다는 듯 빙긋 웃으며 다시 한 번 강위의 어깨를 가볍게 두들겼다.

그리고 다시 걸음을 옮겨 문 밖으로 사라져 버렸다.

후기지수들은 모두 강위 쪽을 바라보았다.

천마재생

강위만은 부대주라는 소년의 정체를 알고 있는 듯했기 때문이었다.

하지만 강위는 말해줄 수 없다는 듯 입을 굳게 다물었다. 그리고 부대주가 사라진 문을 뚫어져라 노려보았다.

그러며 마음속으로 부르짖었다.

'일교주님께서 은천대의 부대주? 이걸 대체 어떻게 받아들여야 하지? 어? 그렇다면 대주는, 설마?'

강위는 크게 고개를 저었다.

"그럴 리가 없잖아."

†

예정된 수련기간인 사흘이 지났다.

결국 하정천을 마지막으로 백보정심관의 통과자는 나오지 않았다.

정파무림 최고의 후기지수들인 삼소천 세 명은 똑같이 칠십이보에서 그쳤다. 그 외에 오륜마교 쪽 후기지수 중 열다섯 명이 육십보 이상을 내딛을 수 있었고, 나머지는 모두 절반인 오십보를 넘지 못했다.

그렇게 일관의 과정은 어이없는 결과를 내고 마쳤다.

시간을 맞춰 등장한 숙달된 훈련조교 총대는 그럴 줄 알았다는 듯이 혀를 차며 말했다.

"예상은 했다만, 그래도 통과자가 한 둘은 더 나올 줄 알았는데, 역시나이네. 왜 사니? 그러고도 살고 싶니? 나라면 내가 도착하기 전에 혀 깨물고 죽었다. 특히 너 말이야, 너. 고개 돌리지 말고. 너니까. 야, 너라고."

후기지수들은 대부분 총대와 눈을 마주치지 못했다.

극심한 좌절감에 빠져 있기에 그랬고, 총대가 자신들이 넘지 못했던 백마정심관을 이렇게 통과하면 된다며 가볍게 시연해주었던 기억이 있기에 그랬다.

그저 입만 산 경박한 녀석이라고 여겼었는데, 경박해도 될 만 한 인물이라고 느껴졌다.

총대는 한숨을 내쉬며 말했다.

"다섯 빼고는 다 탈락시키고 싶지만, 내 마음대로 되나. 너희 중 백 명은 어떻게든 남기란다. 야, 근데 여기 바닥은 누가 이런거야? 내가 백보정심관을 통과하라고 했지, 부수라고 했어? 어떤 새끼가 감히……."

강위가 재빨리 말했다.

"부대주님께서 그러셨습니다."

"바닥이 약했나보다. 공사를 제대로 했어야지. 부대주님께서 속이 많이 상하셨겠다. 그치? 험, 험. 자, 그럼 숙달된 조교인 제가 꼴리는 대로 선별하도록 하겠습니다. 이의는 받지 않아요. 불만이 있으면 입 꽉 다물고 가서 너네 가문에 가서 화주나 까면서 하세요."

총대는 자신의 말처럼 마구잡이로 선별을 했다. 뚜렷한 기준이 느껴지지 않았다.

그저 후기지수들 사이를 이리저리 오가면서 손가락질을 하며 넌 통과, 넌 탈락, 이라는 말만을 반복했다.

그나마 명수는 정확하게 셌는지, 정확히 백 명만을 남기기는 했다.

하지만 기준이 너무나 어이가 없었기에 탈락자들은 떠나지 않고 목소리를 높여 항의했다.

통과자 중에는 고작 일곱 걸음을 옮길 수 있었던 후기지수도 포함되어 있었다. 반대로 탈락자 중에는 백보를 채운 다섯 명의 통과자를 제외하고 가장 많은 걸음을 내딛은 삼소천 중 한 명도 섞여 있었다.

그러니 탈락자들은 선별기준에 대한 설명을 요구했다.

그들의 표정에는 납득할 수 없을 경우 떠나지 않겠다는 기색이 역력했다.

총대는 짜증이 나는지 얼굴을 구겼지만, 그들의 항의가 일부 정당하다 싶었는지 알겠다는 듯 고개를 끄덕였다.

"알았다. 선별기준을 알려주지."

탈락자들은 입을 굳게 다물고 기다렸다.

만약 납득할 수 없다면, 무력을 행사할 결심까지 했다.

총대의 설명은 성의가 없었다.

성의를 논하기 전에 너무나 짧았다.

"한 번 더 기회를 주마. 너희 중에 백보정심관에 다시 도전해볼 놈 있어?"

총대는 탈락자들을 향해 그렇게 말하자, 탈락자들은 반문하지 않은 채 그저 고개를 아래로 떨어트렸다.

그제야 후기지수들은 그의 선별기준을 이해할 수 있었다. 그리고 납득할 수 있었다.

마음이 꺾인 자는 탈락시키고, 아직도 투지를 품은 자를 남긴 것이다.

아주 명확한 기준 아래 내린 선택이었다.

탈락자들은 힘없이 돌아설 수밖에 없었다.

그들은 다시 백보정심관에 도전하기 보다는, 좌절을 선택한 것이다.

총대는 그들이 문밖으로 나가자, 비웃음을 머금고 이렇게 속삭였다.

"병신들. 너희는 마지막 기회까지 놓친 거야."

지금이야 알 수 없겠지.

그들이 도전을 회피하고 좌절을 선택했다는 것.

오늘의 선택이 그들의 미래를 결정지었다는 것을.

"너희에게 미래는 없어."

그렇게 중얼거린 후, 총대는 남아있는 백 명의 통과자를 돌아보았다.

그러며 배시시 웃었다.

천마재생

"너희는 미래가 있지만, 더럽게 암담하고."

어느 쪽이 나을까?

총대는 내심 탈락자 쪽에 손을 들어 주었다.

여기 있는 백 명의 후기지수가 이제부터 겪게 될 훈련과정을 떠올리면 그게 옳았다.

†

무림방파는 갑자기 불연 듯 발생하는 경우는 거의 없다.

사전에 주변의 세력과 권력자들에게 양해 혹은 협상을 구한 후, 그들과의 이견을 조율한 후에 문파의 설립을 세상에 고한다.

하지만 협륜문은 달랐다.

협륜문의 설립은 너무나 갑작스러워서, 강호무림 상의 권력자들은 미리 인지하지 못했다.

그렇기에 모두가 긴장했지만, 그 탄생배경을 알게 되자 모두가 납득하여 고개를 끄덕였다.

제협회와 오륜마교가 인원을 공동차출하여 만들어낸 신생문파.

더구나 과거 정파삼대고수 중 일인인 권황 철리패가 문주라고 한다.

협륜문의 목적은 다시 나타난 천마에 대항하기 위함이

라니 명분 역시 합당하다.

하지만 속내는 최근 두각을 드러내고 있는 신흥문파의 연합체 성하맹을 징치하기 위함이라니, 그 또한 나쁘지 않다.

뭔가를 따지기 전에, 현 강호무림을 절반씩 차지하고 있는 제협회와 오륜마교가 모의한 결과물이라고 하니, 혹시 불만이 있다고 하더라고 표현할 수가 없었다.

기분이 어떻든 간에 그저 축하나 할 수 밖에 없다.

협륜문의 뒷배인 제협회와 오륜마교의 눈밖에 낫다가는 강호무림에 발을 뻗고 살기가 힘들 테니까.

때문에 협륜문의 개파대전이 열리는 천목진으로 천하각지에서 수많은 사람들이 몰려들었다.

협륜문은 그럴 줄 미리 알았다는 듯 무려 보름간 잔치를 열기로 했고, 수많은 볼거리를 제공했다. 그리고 이런 방대한 규모의 행사를 치러본 경험이 제법 된다는 듯 능숙하고 차분하게 이끌었다.

하기야 당연한 일이었다.

협륜문은 제협회 소속 무인이거나 오륜마교의 교도들로 이루어져 있으니까.

다만 낯선 건 협륜문의 정복을 걸치고 있는 제협회와 오륜마교의 교도들이 그리 어색해 보이지 않는다는 점이었다.

제협회와 오륜마교는 이십년 동안 서로를 적대시해왔다.

그러니 필요에 의해 합작하여 협륜문이라는 옷을 걸쳤다고 해서, 그들의 품은 앙심과 적대감이 사라지는 건 아니었다.

그런데 협륜문의 복장을 한 무인들은 누가 어느 쪽 출신인지 구분할 수 없을 정도로 자연스러웠다.

마치 오랫동안 한솥밥을 먹었다는 듯한 모습이었다.

대부분은 역시 제협회와 오륜마교 답구나 하고 넘겼지만, 강호무림의 세파를 온몸으로 겪으며 넘어온 노강호들의 예리한 눈만은 피할 수가 없었다.

"요상하구나."

얼굴에 자상이 가득한 험상궂은 노인은 그렇게 중얼거렸다.

평범한 사람은 얼굴을 마주하기 힘들 정도로 흉악했다. 언제 저런 상처를 입었는지는 모르지만, 살아있다는 게 신기할 정도였다.

하지만 노인을 아는 사람은 이리 말할 것이다.

저 상처를 준 만든 자들이 어떻게 되었는지 알면 그런 말을 할 수 없을 것이라고.

"사부님, 무엇이 말입니까?"

옆에 공손히 서 있는 여인이 그렇게 물었다.

스물 중반 정도로 보이는 여인은 용모가 아름답다고 할 정도는 아니지만, 피부가 하얗고 팔다리가 길고 이목구비가 단아하여, 계속 눈길이 가게 되는 묘한 매력이 있었다.

얼굴에 자상이 가득한 노인이 말했다.

"자연스럽지가 않아."

여인이 주변을 찬찬히 살펴본 후 말했다.

"모르겠습니다. 가르쳐주시겠습니까?"

"새로운 건 어색하지. 세월에 깎이고, 파이고, 갈리고, 부서져 봐야, 비로소 제대로 된 형상을 갖출 수 있어. 그 모습이 처음과는 달리 흉물스러울 수 있고, 반대로 더욱 아름다울 수 있지만, 그거야 말로 자연스러운 게야."

"사부님의 얼굴처럼요?"

노인이 빙긋 웃었다.

"그래, 내 얼굴처럼. 이 녀석아. 너도 곧 이리 될 것이야. 내 하나 뿐인 제자이니까."

"사부님. 전 여자에요."

"그래서?"

"화장하면 된다고요."

"화장 정도로 될 것 같아?"

"사부님은 여자를 너무 몰라요."

노인이 투덜거렸다.

"내 얼굴을 봐라. 알 수가 있겠느냐? 어찌되었건 이 협룬문이라는 곳, 너무 자연스러워. 수십 년 정도의 세파를 넘어온 것처럼 말이야. 그렇다는 건 하나 뿐이지."

"뭔데요?"

"누가 가두어 놓고 누른다는 거지. 딱 이렇게 밖에 할 수 없을 만큼."

"그 누가 누굴까요?"

노인은 입을 다물고 스산한 미소를 그렸다.

그가 이런 표정을 지을 때는 아무리 물어도 대답도 들을 수 없다는 걸, 여인은 잘 알고 있었다.

여인은 관심을 끊고 주변을 두리번거렸다.

"그나저나 사부님 유명했다고 하지 않았어요?"

"제법 유명했지."

"근데 왜 사흘이 지나도록 알아보는 사람이 아무도 없어요?"

"날 알만 한 사람은 다 죽어서 그래."

"나이가 들어서요?"

"아니. 내 손에."

"하여간 사부님 성격도 참. 몇 명쯤은 좀 살려두고 그러지 그러셨어요. 봐요. 나이 드니까 외롭잖아요."

그때였다.

"다 죽지는 않았지."

노인과 여인의 고개가 목소리가 들린 방향으로 돌아갔다.

그 자리에 한 노인이 서 있었다.

제협회의 장로이자, 협왕 위수한의 왼팔이라 불리는 오금맹노였다.

오금맹노는 히쭉 웃으며 말했다.

"오랜만입니다, 독고 형님."

독고라고 불린 자상이 가득한 노인이 히쭉 웃었다.

"오랜 만은 무슨. 고작 이십 년 밖에 안 되었는데. 소식은 들었다. 봉사가 되었다더니, 정말이구나."

"뭐 어쩌다 보니 그렇게 되었죠."

"월야마령의 짓이라며? 그 마귀 놈 그 사이 부드러워졌구나. 눈만 떼어내다니. 늙어서인가? 죽을 때가 된 게지. 흘흘흘."

오금맹노가 어깨를 으쓱했다.

"그랬으면 오죽 좋겠습니까? 늙기는커녕 반대로 어려졌더군요."

독고 노인이 눈을 얇게 좁혔다.

"설마 월야마령도 여기에 있는 게냐?"

"그만 있는 줄 아십니까?"

독고 노인이 침을 꿀꺽 삼켰다.

"역시, 그 분이냐?"

오금맹노가 히죽 웃었다.

"자, 갑시다. 그 분께서 독군(獨軍)을 잡아오라고 하셨습니다."

독고 노인이 크게 고개를 저었다.

"아, 안 간다. 못 간다."

"천하의 독고독군께서 거절한다면 별 수 없지요. 그럼 조심히 가십시오."

독고독군(獨孤獨軍).

홀로 군대라고 불렸던 고수.

이십 년 전에는 협왕 위수한과 함께 묶여서 쌍협(雙俠)이라고 불렸으며, 한때 천하십대고수에 이름이 오르내린 적도 있는 인물이었다.

하지만 이십 년 전 은거에 든 후 지금껏 나타나지 않았기에 그의 이름은 노인들의 옛 이야기 속에서나 들을 수가 있었다.

노인, 독고독군이 외치듯 말했다.

"그 분이 대체 나를 왜 찾으신다는 거냐!"

오금맹노가 어깨를 으쓱했다.

"모르지요. 듣기로 형님께서 심심할 것 같다며, 가벼운 일 하나 시키겠다고 하셨다는 군요."

"일? 내게? 그 분이? 왜?"

"내가 어떻게 알겠습니까. 가시겠다면 보내주라고 하셨

106 8

으니, 전 이만 돌아가겠습니다."

그러며 오금맹노는 몸을 돌렸다.

그가 몇 걸음 내딛기도 전에 독고독군이 외쳤다.

"잠깐! 무슨 일인지 우선 들어나 보자."

오금맹노가 걸음을 멈추고 몸을 돌렸다.

그러더니, 이렇게 속삭였다.

"집마맹의 천마(天魔)를 죽이는 일이랍니다."

독고독군의 눈이 크게 벌어졌다.

"지, 집마맹의 천마? 그게 대체 뭔 소리야?"

오금맹노가 씩 웃었다.

"더 듣고 싶으면 따라오십시오. 아, 그건 아셔야 합니다. 더 들으면 발을 뺄 수 없습니다."

독고독군은 입을 굳게 다물고 눈매를 예리하게 좁혔다.

하지만 오금맹노는 이미 대답을 들었다는 듯이 소매 속에서 뭔가를 꺼내 독고독군에게 던졌다.

독고독군은 바로 받아들고, 내려 보았다.

검은 색의 명패였다.

"이게 뭐냐?"

"형님의 직위입니다."

독고독군은 명패에 적힌 글자를 읽어 보았다.

"은천대(隱天隊) 제팔조장(第八組長)? 조장?"

"무려 팔 조장씩이나 되신 걸 영광으로 아십시오."

뭔가를 짐작했는지 독고독군의 눈이 찢어질 듯 벌어졌다.

"설마 대주가?"

오금맹노가 입을 오므렸다.

"쉬잇. 비밀입니다. 아직은 요."

그러며 다시 몸을 돌려 걸어갔다.

독고독군은 손에 들린 검은 명패를 멍하니 바라볼 뿐이었다.

그의 제자인 여인이 물었다.

"대주가 누구길래요?"

독고독군은 명패를 부서질 듯이 꼭 쥐며 말했다.

"이 사부가 세상에서 가장 두려워하는 사람이지."

그러며 오금맹노를 향해 걸어갔다.

第七十四章.

교두님 참 불쌍하시지

第七十四章.

교두님 참 불쌍하시지

총대는 약속대로 칠일의 휴식을 주었다.

고작 사흘을 훈련하고 그 두 배가 넘는 기간을 쉬라고 한다?

처음에는 후기지수 중 그 누구도 이해할 수가 없었다.

하지만 이제는 알 수 있었다.

칠일이라는 기간은 그저 몸을 회복하기 위해 주는 휴식이 아니라, 마음을 정리하고 오라는 뜻일 것이다.

앞으로 그들에게 펼쳐질 나날은 지금까지 살아온 나날과는 비교할 수 없을 만큼, 혹독하고 거친 것이니 칠일 동안 견디어 내겠다는 마음가짐을 갖추라는 뜻이다.

총대는 마지막으로 이리 말했었다.

"칠일 후, 소집령을 받았을 때 결정해라. 싫으면 안 와도 돼. 안 오는 게 나을 거야. 하지만 일단 오면, 그 다음에는 빠져 나갈 수 없어. 은천대원으로 끝까지 가는 거야. 죽기 전까지."

은천대로 선택된 백 명의 후기지수 중 도망가는 이들이 있을까?

있을지 모른다.

아니, 분명 나올 것이다.

백보정심관은 그만큼 혹독했으니까.

칠 일이라는 나름 긴 시간을 준 이유도 그 때문이지 않을까?

통과자들은 잠시 선택되었다는 기쁨을 만끽하겠지만, 시간이 흐르며 두려움에 휩싸일 것이다.

백보정심관은 훈련이라기보다는 후기지수들을 선별하기 위한 시험에 불과했다.

그러니 이제부터가 진짜 훈련과정이겠지.

백보정심관 정도는 우습다 여길 정도의 혹독하리라.

하지만 어떻게, 그리고 얼마나 혹독할지는 아무도 모른다.

그러니 그저 상상할 뿐이다.

상상은 독이 된다.

때로는 막연한 짐작이나 상상이 현실보다 무섭고 괴롭다.

칠 일이라는 시간동안 후기지수들은 은천대의 대원이기 위해 치러야할 대가가 무엇일지를 상상하며 자신을 괴롭히리라.

그건 또 다른 시험일 것이다.

그 상상을 버틴 자만이 돌아올 것이다.

그리고 그들은 선택을 받은 게 아니라, 선택을 한 이들로 변해있겠지.

하정천은 그렇게 생각했다.

'칠 일.'

너무도 긴 시간이다.

그리고 칠일이라는 시간이 흘렀을 때, 하정천은 이렇게 생각했다.

너무나 짧은 시간이라고…….

은천대가 소집된 곳은 천목진 뒤편에 위치한 동굴이었다.

동굴은 입구가 좁았지만, 안은 상당히 크고 넓었다.

수백 명 쯤은 숙식을 해도 충분할 만 한 공간이었다.

소집령을 받아 동굴 안에 모인 후기지수는 모두 여든 여섯 명이었다.

시간이 흘러도 숫자는 더 늘지 않았다.

열네 명은 은천대원이 되기를 포기한 것이라고 여길 수밖에 없었다.

모인 후기지수들은 은천대원을 포기한 열네 명을 비웃거나, 아쉬워하지 않았다.

오히려 존중했다.

그들은 은천대가 아닌 다른 길을 선택했을 뿐이니까.

그저 은천대라는 선택을 한 서로에게 집중했다.

동굴에 모인 여든 여섯 명의 후기지수들은 이제 서로를 향한 견제보다는 호감을 느꼈다.

은천대원으로써 함께 지내갈 동료이기 때문은 아니었다.

그저 같은 과정을 치렀고, 비슷한 고민을 했으며, 똑같은 선택을 한 동반자이기 때문이었다.

그렇기에 열흘 전 서로를 처음 보았던 때보다 분위기가 부드러웠다. 서로 눈이 마주칠 때면 미소를 지어보이기도 했다.

하지만 한 사람만은 그들의 나누는 부드러운 분위기를 동화될 수 없었다.

외떨어진 채 멀뚱거리고만 있을 뿐이었다.

"누구지?"

하정천은 고개를 갸웃거리며, 한쪽에 떨어져 있는 사람을 바라보았다.

이십대 중반 정도로 보이는 여인이었다.

하소인처럼 화려한 용모는 아니지만, 팔다리가 길고 늘

씬하며, 이목구비가 단아한 편이라 눈길이 갔다.

하소인이 장미와 같다면, 이 여인은 난초 같다고 해야 할까?

하정천이 호기심을 느끼는 건, 여인이 매력적이기 때문이 아니었다.

낯설기 때문이었다.

본 적이 없는 얼굴이다.

그의 혼잣말을 들은 누군가가 말했다.

"처음 보는 여인이군요. 저런 여인이라면 잊을 리가 없지요. 저는 그렇습니다."

"저도 비슷합니다."

"우리는 연적(戀敵)이 될까요?"

"상대는 저 뿐만이 아닐 것 같은데요?"

"하하하하핫. 그럴지도요."

하정천은 빙긋 웃으며 그를 돌아보았다.

오륜마교 쪽의 후기지수였다. 하정천과 그는 이전까지 단 한 번도 말을 나누어 본적이 없었다. 하지만 두 사람 모두 그 사실을 인식하지 못했다. 그만큼 자연스러웠고, 친근했다.

오륜마교의 후기지수가 말했다.

"취아홍(翠我烘)입니다."

"하정천입니다."

"앞으로 잘 지내봅시다."

그러며 취아홍은 슬며시 걸음을 옮겨 멀어졌다.

그 대신 다른 사내가 하정천의 곁으로 다가왔다.

"잘 지내지마. 음흉한 녀석이야. 옆에 두기에는 나쁘지 않지만, 뒤에 두면 바로 찔러올 녀석이지. 몇 번 당해서 알아."

하정천이 목소리의 주인을 향해 고개를 돌렸다. 강위였다.

그의 말을 들었는지 멀어지던 취아홍이 휙 고개를 돌려 말했다.

"믿지 마시오. 수라인검(修羅認劍)께서는 거짓말을 잘하니까."

하정천이 강위에게 물었다.

"수라인검?"

"오륜마교에서는 나를 그리 부르지."

"왜?"

강위는 자신의 검을 가볍게 두들겼다.

"이 검 때문에."

"그 검이 어떻기에?"

"여자 얘기나 하자."

하정천이 그의 검을 차분히 살펴본 후, 다시 낯선 여인에게로 시선을 돌렸다. 그리고 물었다.

"마음에 들어?"

"누가 꽂은 걸까? 이제와 합류시키는 건 좀 불공평하지 않나?"

"굳이 공평할 필요가 없으니까 그랬겠지."

"이렇게 착하셨나? 몰랐네."

"예쁘잖아."

강위가 피식 웃었다.

"그래. 예쁘긴 하네."

그 순간 하소인이 그들을 향해 다가왔다.

"저 불렀나요?"

하정천은 소리 없이 웃었다.

이 녀석은 이렇게 능청스러웠나?

톡 건드리면 발톱을 세우는 고양이 같은 녀석이었다.

지난 몇 년 동안 무슨 일이 있었는지 모르겠지만, 나쁘지 않은 변화이다 싶었다.

하소인이 말했다.

"저 여자, 궁금하지 않아요?"

강위가 고개를 저었다.

"그다지. 저는 하소저가 더 궁금합니다."

하소인이 크게 고개를 끄덕였다.

"알아요. 모든 남자는 저를 궁금해 하죠. 아, 한 사람만 빼고요."

강위가 눈을 얇게 좁혔다.

"그 한 사람이 누구인지가 더 궁금하군요."

하소인이 꽃처럼 아름답게 웃었다.

"누구에게나 비밀은 있지요? 당신의 그 검처럼요."

강위가 어깨를 으쓱했다.

"저 여자 얘기나 합시다."

"저 여자 얘기는 그만 하고, 저 여자랑 얘기나 좀 하죠. 궁금하잖아요."

그러며 하소인은 여인을 향해 걸음을 옮겼다.

강위가 하정천에게로 시선을 돌렸다.

"당신 사촌동생, 복잡하네."

하정천이 과장되게 눈살을 찌푸렸다.

"네 검처럼?"

강위가 비로소 알겠다는 듯 고개를 끄덕였다.

"이제 보니 가풍이 그렇구나."

하정천이 웃는 낯으로 말했다.

"단순한 것보다는 낫지."

그때였다.

"아! 언니, 저도 반가워요. 전 독고가가(獨孤呵呵)라고 해요. 이름이 가가라니 이상하죠? 사부님께서 저를 주웠을 때 계속 웃어만 대서 그렇게 지으셨대요. 아무리 제가 웃음이 많아도 그렇지 가가(呵呵; 껄껄 웃는 소리)가 뭐에요? 진짜 이상하지 않아요?"

하소인을 향해 낯선 여인이 말을 쏟아 붙이고 있었다.

"이름을 바꿔 달라고 하시나 뭐라셨는 줄 알아요? 뭐라셨더라? 잘 기억은 나지 않는데, 되게 기분 나쁜 말을 하셨어요. 그래서 계속 따지니까, 그러시더라고요. 한 번이라고 자신을 이기면 원하는 이름을 지어 쓰라고요. 그때부터 저는 결심했어요. 꼭 이기기로요. 하지만 지금까지 백 합도 버틴 적이 없었어요. 사부님께서는 정말 강하시거든요. 제 사부님 함자가 뭔지 모르시죠? 본인은 유명하셨다는데, 아는 사람이 드물더라고요. 독고독군이라고. 어? 아세요? 아신다는 눈빛이셨는데? 정말 유명했어요?"

독고독군!

독군은 그의 별호이지, 이름이 아니다.

하지만 모두가 그를 이름 대신 독군이라고 불렀고, 결국 그저 이름이 되고 말았다.

그리고 독군이라는 두 글자 앞에 그의 성씨 대신 다른 사람의 별호를 붙여서 함께 불렀다.

협왕독군(俠王獨軍).

집마맹의 시대, 아직도 이 땅에 협의가 있음을 알렸던 두 영웅, 쌍협(雙俠).

그 중 협왕 위수한은 제협회의 회주가 되었고, 독군은 사라져 사람들의 머릿속에서 잊혀졌다.

119

그런데 그의 제자가 나타나다니.

그 사이에도 여인 독고가가는 계속 말을 쏟아냈다.

"하여간 저는 제 우스꽝스러운 이름을 바꾸고 싶어요. 그래서 이리로 가라는 말씀을 하셨을 때, 바로 온 거에요. 사부님께서 그러셨거든요. 여기서 훈련을 받으면 나를 이길 수 있을지 모른다고요."

독고독군이 그렇게 말했다?

한때 천하십대고수로 거론된 적도 있는 극강의 고수가?

"하여간 반가워요. 우리 열심히 해봐요."

하소인은 그녀에게 인사말을 건넨 이후, 처음으로 입을 열었다.

"그, 그래요. 근데 이름을 뭐로 바꾸시려고요?"

"비밀인데, 언니니까 말해 드릴게요. 독고하하(獨孤哈哈)로요. 어때요?"

하소인이 어색한 미소를 지으며 물었다.

"하하(哈哈; 하하 웃는 소리)? 독고하하로요?"

독고가가가 그녀를 닮은 어색한 미소를 지으며 말했다.

"그쵸? 성이 별로죠? 그래도 어쩌겠어요. 사부님께서 주신 성인데."

조금 떨어져서 듣고만 있던 하정천이 입을 열었다.

"저 여자, 예쁘다고 했었지? 취소할게."

강위가 말했다.

"받아들이지. 누구랑 다르게 참 단순하네. 자네는 어때? 단순한게 복잡한 것보다는 낫다지 않았나?"

"나도 취소하지."

두 사람은 동시에 피식 웃었다.

그때였다.

동굴의 저 안쪽에서 누군가 걸어 나왔다.

총대였다.

모두가 표정을 바꾸어 다가오는 총대를 바라보았다.

총대는 모두가 한 눈에 보일만 한 거리까지 다가온 후, 멈추더니 입을 열었다.

"자, 모두 잘 쉬셨나? 웃고 떠들고, 술도 마시고, 그 짓도 좀 했을 거고. 충분히 즐겼겠지? 여한이 없을 만큼? 자, 그럼 이제 나도 즐겨야겠지?"

총대는 휙 돌아서더니 말했다.

"따라오도록."

그러며 나왔던 곳을 향해 걸음을 옮겼고, 은천대원이 된 후기지수들은 너나할 것 없이 그 뒤를 쫓았다.

총대는 걸어가며 말했다.

"제이관은 투관(鬪關)이라고 한다. 이름 단순하지? 하는 짓도 단순해. 저 안에 너희를 가르쳐주실 교두 한 분이 계시거든. 앞으로 열흘 동안 그 분을 상대로 싸우면 돼. 너희 모두가 손발을 합쳐 달려들어도 상관없어. 독, 암기, 뭐든

121

천마재생

다 써도 돼. 죽여도 돼. 그럼 바로 통과야."

오륜마교 출신 중 한명이 히쭉 웃으며 말했다.

"좋군요. 이런 훈련이라면 익숙합니다. 그 교두, 누군지
모르겠지만, 안 됐네요."

총대가 코웃음 쳤다.

"그렇지. 교두님 참 불쌍하시지. 으휴. 눈물이 앞을 가
리네."

총대는 그렇게 말하며, 방향을 틀었다.

좁고 긴 통로를 지나치자, 처음 그들이 모여 있던 공간
과 비슷한 크기의 공동이 모습을 드러냈다.

그 곳의 중앙에 한 사람이 뒷짐을 쥔 채 서 있었다.

등을 돌리고 있기에 용모를 알 수가 없었다.

하지만 허리까지 내려오는 눈처럼 하얀 머리는 사내의
나이가 적지 않을 것임을 알려 주었다.

총대가 걸음을 멈추고 정중히 몸을 숙였다.

"데려 왔습니다."

지금까지와는 달리 차분하고 정돈된 목소리였다.

그러자 등지고 서 있던 노인이 고개를 끄덕였다.

"수고했다. 바로 시작하면 되는가?"

"네. 그럼 열흘 후에 뵙겠습니다."

"그러게."

총대는 몸을 돌려 후지기수들 사이를 가르며 도망치듯

빠져나갔다.

우르르릉.

우레와 흡사한 소리와 함께 총대가 사라진 통로가 사라
졌다.

그제야 등진 노인이 몸을 돌렸다.

그 순간 후기지수 중 일부가 눈을 크게 벌렸다.

노인이 누구인지를 알아보았기 때문이었다.

노인이 후기지수들을 쓸어보며 천천히 입을 열었다.

"투관을 맡은 교두이다. 노부의 이름은……."

하소인이 떨리는 목소리로 속삭였다.

"처, 철리패."

노인이 고개를 끄덕였다.

"그래. 그게 노부의 이름이다. 권황이라고도 불리지."

권황 철리패!

전시대 정파의 삼대고수 중 일인이었으며, 지금은 협
륜문의 문주이신 이 대영웅이 어째서 이 곳에 있는 걸
까?

그러며 권황 철리패는 뒷짐 쥔 두 손을 풀고, 후기지수
쪽으로 내밀었다.

천천히 주먹을 쥔다.

"그럼, 시작하자."

천마
재생

123

　　　　　　　　　　　　†

　사람들은 서열을 매기기 좋아한다.

　무림인이라고 해서 다르지 않다. 아니, 오히려 더욱 심
하다.

　칼 한 자루, 몸 하나에 기대어 부귀영화를 이루겠다고
꿈을 가진 이들이 모이는 곳이 바로 무림이니까.

　누가 강한가.

　누가 무림에서 최강의 고수인가.

　무림에서 강하다는 건 세력이나 금력에 비견되는 힘이
다.

　그렇기에 이 순간에도 어디선가 무림인이 세 명이상 모
여 있는 자리라면, 전대와 현재의 고수들의 이름을 총망라
하여 순위를 매기고 있을 것이다.

　그럼 현존하는 무림인 중에서 순수하게 무력 하나만으
로 순위를 매길 때 최강자는 누구일까?

　이견은 없다.

　무조건 수라천마 장후이다.

　그는 현재가 아니라, 무림사를 통틀어 최강이라 불릴만
한 존재이니까.

　그러면 그를 예외로 치고 그 다음이라고 거론될 만한 인
물은 누가 있을까?

124
8

그 다음부터는 의견이 분분하다.

누군가는 전전대의 천하제일이라고 일컬어지던 삼태천이 아직 살아있다면 그들의 자리가 확실하다고 말한다.

하지만 다른 누군가는 현 오륜마교의 일교주인 괴겁마령은 그들을 넘어섰다고 반박한다.

그리고 또 누군가는 검성 하지후를 모르고서 하는 말이라고 코웃음 친다.

그때부터 시끄러워진다.

사도제일인인 요웅이 거론되고, 현 제협회의 회주인 협왕 위수한의 이름이 튀어나온다.

그즈음에 이르렀을 때 꼭 거론되는 이름이 있다.

일대일이라면, 오직 순수한 무력 하나만으로 대결을 벌인다면, 가장 마지막에 남을 사람은 분명 권황 철리패일 것이라고.

그때, 모두가 고개를 끄덕인다.

권황 철리패.

그는 그런 존재이다.

순수히 실력만으로 따지면, 현 강호무림에서 두 번째일 것이라고 여겨지는 거물이 왜 이 자리에 있는 걸까?

그가 왜 자신들을 마주보며 주먹을 쥐고 있는 걸까?

후기지수들은 당황을 넘어서, 공황에 빠졌다.

권황 철리패가 말했다.

천마재생

"난 누구를 가르쳐 본 적이 없다."

그러며 걸음을 옮겼다.

그가 한 걸음 다가오자, 후기지수들은 움찔하며 뒤로 밀려 나갔다.

철리패가 내공을 일으켜 기파를 뿜어냈다거나 해서는 아니었다.

그저 그에게서 느껴지는 위엄이 후기지수들을 그리 만들었다.

철리패가 다시 입을 열었다.

"나는 누구에게서 배워본 적도 없다."

권황 철리패의 사승관계에 대해 공론화된 적이 있었다. 그는 과거 권법으로 일가를 이루었던 파월권(破鉞拳)의 유진을 우연히 얻음으로써 무림에 들어섰다는 정도뿐이었다.

파월권은 뛰어난 권법이기는 하지만, 권황 철리패라는 위대한 무인의 토대가 되기에는 턱없이 부족했다.

그렇기에 사람들은 말했다.

철리패는 파월권이 아니라, 무엇을 익혔다고 해도, 아니, 아무것도 배우지 않았다고 해도, 권황이 되었을 것이라고.

철리패는 세간의 평이 옳다는 것을 증명하는 이렇게 말을 이었다.

"굳이 스승이 누구냐고 묻느냐면 산과 바다가, 흐르는 강이, 내게 덤벼들던 적이라고 하겠지. 나는 그리 살았다. 그러니 뭔가를 가르치는 방법을 알지 못한다. 그러니 너희가 알아서 배워라."

계속 걸음을 옮기던, 철리패가 후기지수들의 중심부에 멈췄다.

그러더니, 발을 어깨 넓이로 벌리고, 무릎을 살짝 굽혔다.

"너희가 내게 배울 수 있는 건 아마도 싸우는 법이지 않을까 싶다. 나는 제법 잘 싸운다."

당연한 소리이다.

권황 철리패는 이 세상에서 두 번째로 싸움을 잘하는 사람이니까.

철리패가 천천히 주먹을 들어올렸다.

"나는 홀로 백 명의 기마병을 죽일 줄 안다."

철리패의 몸에 힘을 주자 크게 부풀어 올랐다. 그의 팔뚝이 두 배쯤 굵어지고 있었다.

"나는 홀로 천 명의 정병을 감당할 줄 안다."

그의 두 눈에서 강렬한 기백이 뿜어져 나왔다.

"알아서 배워라."

콰앙!

철리패의 두 발이 닿은 자리가 갈라지며 움푹 파였다.

그를 바라보는 후기지수들은 부들부들 떨며 침을 꿀꺽 삼켰다.

철리패, 그가 싸울 준비를 마쳤기에.

†

어쩌자는 걸까?

후기지수들은 움직이지 못했다.

그저 가만히 철리패를 바라보기만 할 뿐이었다.

이 자리로 안내하던 총대는 분명 이리 말했었다.

안에 너희를 기다리는 교두가 한 분 계실 것이다. 그와 싸우는 게 전부이다. 독이나 암기, 그 무엇을 사용하든 상관없다. 죽여도 된다. 오히려 죽일 수 있다면 이 투관을 통과한 것으로 여기겠다.

분명 그랬다.

하지만 이해할 수가 없었다.

'권황 철리패와 싸우라고? 죽여도 된다고?'

그게 말이나 돼?

협륜문의 문주인데?

그들의 생각을 읽었는지, 철리패가 파리가 달라붙어 잠이 깬 사자처럼 낮게 으르렁거렸다.

"싸움에 임할 때, 상대를 높이 보는 것은 좋지 않다. 하지만 자신을 높이 보는 건 더욱 좋지 않아."

스윽.

철리패가 사라졌다.

쾅!

굉음과 함께 후기지수 중 다섯이 사방으로 튕겨 나갔다.

그 자리에 철리패가 서 있었다.

언제 움직인 거지?

아니, 어떻게 움직인 거야?

나가떨어진 다섯은 일어나지 못했다. 그대로 정신을 잃은 듯했다.

철리패가 혀를 찼다.

"죽기 전까지는 정신을 잃어서는 안 된다. 그게 기본이야."

그런 게 어떻게 기본일 수가 있지?

스윽.

다시 철리패가 사라졌다.

콰앙!

다시 다섯의 후기지수가 튕겨나가 벽과 바닥에 부딪힌후 떨어졌다.

철리패가 말했다.

"눈으로 보이지 않는 건, 마음으로 보아라. 어떻게 움직일지를 판단하고, 어떻게 막을 것인지를 결정해라. 경험이 부족하면 초식을 믿어라. 무공의 초식은 그러기 위해 만들어진 것이다. 이 또한 기본이다."

후기지수들은 급히 무기를 뽑아들었다. 그리고 자신이 익힌 무공 중 가장 자신 있는 초식을 떠올렸다.

스윽.

철리패가 사라진다.

아니나 다를까.

쾅!

굉음과 함께 다섯 명의 후기지수가 튕겨 나갔다.

그 자리에 역시나 철리패가 서 있었다.

"초식은 정해진 것이다. 그렇기에 읽히기 쉽다. 그러니 때론 초식을 버리고, 순간의 판단에 몸을 맡겨야 한다. 이 역시 기본이다."

뭐 어쩌라는 건가?

스윽.

철리패가 사라졌다.

쾅!

이번엔 네 명이 날아올랐다.

그들의 서 있던 자리에 철리패가 있었고, 그의 앞에 한 명의 사내가 주저앉아 있었다.

오륜마교의 후기지수 중 한 명인 취아홍이었다.

철리패는 그를 내려 보며 말했다.

"나쁘지 않았다. 동료를 방패로 세운다는 것. 이용할 수 있다면 이용해야지. 하지만 너는 너무 몸을 아끼는 구나. 이기기 위해서는 네 자신의 몸도 방패로 세우는 방법도 알아야 한다."

퍼억!

취아홍의 몸이 쭉 날아가 벽에 부딪쳤다가 떨어졌다.

스윽.

철리패의 몸이 사라진다.

콰앙!

세 명이 날아올랐다.

그 자리에 나타난 철리패의 앞뒤로 두 명이 무기를 높이 든 채 서 있었다.

정파무림의 후기지수 중 최강이라고 일컬어지는 삼소천 중 둘이었다.

철리패가 말했다.

"너희는 기본이 되었구나."

그러자 삼소천 중 둘이 어색한 미소를 그렸다.

그 순간 철리패의 두 팔이 움직였다.

퍼퍽!

삼소천 중 둘이 그대로 허물어졌다.

철리패가 그들을 내려 보며 말했다.

"하지만 너희 것이 아니다. 그러니 이토록 쉽게 벗겨지는 것이다. 몸에 붙여라."

스윽.

철리패가 사라졌다.

하지만 굉음은 없었다.

대신 현란한 빛이 번쩍였다.

칼과 검이 빛살을 반사하여 만들어내는 현상이었다.

"나쁘지 않군."

철리패가 모습을 드러냈고, 그 곁에 세 명이 검을 든 채서 있었다.

하소인과 강위, 그리고 하정천이었다.

그들은 자세는 낮춘 채, 그들의 중심에 서 있는 철리패를 노려보았다.

당장에 틈이 보인다면 달려들 것만 같았다.

"너희야말로 기본을 갖추었구나. 그리고……."

철리패의 몸을 휙 휘돌렸다.

그가 서 있던 자리에 누군가 내려섰다.

일결이었다.

일결은 아쉽다는 듯 혀를 차며 그대로 몸을 휘돌려 공중에 날아올랐다.

그 자리에 다시 철리패가 나타났다.

"넌 싸우는 법을 아는구나. 그리고……."

휘이이익!

재경이 철리패를 향해 달려들고 있었다.

콰아앙!

재경을 달려온 방향으로 그대로 튕겨 나갔다. 하지만 바로 일어나, 다시 공격할 준비를 했다.

철리패가 빙긋 웃었다.

"넌, 싸움을 아는구나."

철리패가 재경을 향해 걸음을 옮겼다. 재경은 그를 똑바로 마주보며 일결 쪽으로 가볍게 신호를 보냈다.

그러자 일결은 바로 알아듣고, 천천히 철리패의 뒤를 향해 접근했다.

재경을 바라보는 철리패의 눈매가 부드러워졌다.

"네가 가장 낫구나."

후기지수들은 이해할 수 없었다.

이 자리에 있는 이들 중에서 가장 약한 사람을 꼽으라면 누구라고 재경을 가리킬 것이었다.

재경은 턱없이 부족했다.

나름 인재라는 소리를 들을만한 자격은 있었다.

열여섯이라는 나이에 이류에 가까운 실력을 갖추었으니까 말이다. 하지만 이 자리에 있는 후기지수들은 모두가 일류이상의 수준에 이른 상태였다.

특히 삼소천 중 둘과 하정천, 강위는 일류를 넘어서 절정을 바라보는 실력자였다.

그런데 가장 낮다고 평가하다니.

철리패가 재경을 향해 말했다.

"넌 나를 처음 본 순간부터 싸움을 준비했다."

재경이 고개를 끄덕였다.

"조교께서는 교두님과 싸우라 하셨습니다."

"너는 내가 누구인지 안 후에도 싸움을 준비했다."

"조교께서는 교두님과 싸우라 하셨기 때문입니다."

철리패가 스윽 고개를 돌려, 자신을 향해 접근하는 일결을 바라보았다.

"저 녀석과 모의하였겠지?"

재경이 고개를 끄덕였다.

"그러자 했습니다."

철리패가 다시 재경에게 고개를 돌려 물었다.

"네가 미끼를 자처했겠지?"

재경이 다시 고개를 끄덕였다.

"그래야 했습니다."

"왜지?"

"이겨야 하니까요."

철리패가 치아를 모두 드러내고 웃었다.

"그래. 싸움은 이기기 위해 하는 거다. 아닌가?"

재경이 고개를 끄덕였다.

"맞습니다."

철리패가 고개를 돌려 자신을 둘러싼 후기지수들을 둘러보며 말했다.

"그런데 왜 너와 나만 아는 거냐?"

스윽.

철리패가 사라졌다.

대신 그의 목소리가 울려 퍼졌다.

"반 시진 후, 다시 하자. 그동안 어떻게 싸울지 준비를 해두도록."

후기지수들은 긴장이 풀려 주저앉거나, 벽으로 다가가 기대었다.

재경은 한숨을 쉬며, 낮췄던 몸을 일으켰다.

그 사이 그의 앞에 일결이 다가와 있었다.

일결은 그를 물끄러미 바라보다가 물었다.

"정말 이길 생각이었어?"

재경이 어색하게 웃으며 말했다.

"이기는 거 말고 더 어쩌겠습니까?"

"그렇지. 그게 맞지."

일결이 무겁게 고개를 끄덕였다. 항상 표정이 없던 그의 얼굴에 씁쓸한 자책의 빛이 떠올랐다 사라졌다.

그리고 재경의 어깨를 가볍게 두들기며 말했다.

"이길 방법을 짜자."

재경은 빙긋 웃으며 고개를 끄덕였다.

그때, 하소인이 다가와 말했다.

"나도 포함시켜줘요."

재경과 일결은 그녀를 돌아보며 고개를 끄덕였다.

하소천과 강위도 다가오고 있었다. 그들도 하소인과 같은 생각인 듯했다.

하소인은 어딘가로 고개를 돌리더니, 손짓했다.

"독고동생! 이리와요."

멀리 한 쪽에 있던 여인, 독고가가 기다렸다는 듯이 총총걸음으로 다가왔다.

하소인은 되었다는 듯이 빙긋 웃으며 재경에게로 고개를 돌렸다.

"그런데 하나만 물어도 될까요?"

"네? 네. 말씀하십시오."

"야수감각도는 언제 배우신 거예요?"

"야수감각도요?"

"소협의 검법이 변했어요. 알아요?"

그러며 재경이 고개를 갸웃했다. 그러더니, 뭔가 짐작 가는 부분이 있다는 듯 눈을 얇게 좁혔다.

"백보정심관에서, 그 구십구보를 내딛었을 때 마주한 환영이……."

하소인의 눈이 커졌다.

"그 분이 어떻게 했는데요?"

재경이 말했다.

"제게 스며들더군요. 그리고 이런 목소리가 울렸습니다. 네가 이으라, 라는……. 그때부터 좀 바뀐 것 같습니다."

하소인의 눈매가 부드럽게 흘렸다. 그녀의 눈가에 이슬이 맺히고 있었다.

"잘 되었네요. 정말 잘 되었어요."

†

지옥이 있다면 어떤 곳일까?

사람이라면 누구나 한 번 쯤 생각해본다.

하지만 딱히 그려지지는 않는다.

그저 개개인이 경험했던 과거 중에서 가장 힘들고 괴로웠던 감정과 상황을 떠올리고, 그걸 펼쳐 보는 정도에 그칠 뿐이다.

그렇기에 사람이 마음속으로 그리는 지옥의 모습은 모두가 다 다르다.

하지만 은천대원이 된 후기지수들은 모두 똑같은 그림을 그렸다.

천마재생

그들에게 지옥은 한 명의 사람이었다.

권황 철리패.

그가 바로 지옥이다.

지난 열흘 동안 그랬다.

"으으으으으으으으."

후기지수들은 모두 바닥에 엎드리거나, 누워 있었다.

그들의 전신은 피멍으로 물들어 있고, 의복은 거지도 혀를 찰 만큼 더럽고 지저분했다.

그들의 사이로 권황 철리패가 산책을 하듯 걷고 있었다.

"이제 반시진 후면 약속된 열흘이 지난다."

후기지수들은 한숨을 쉬었다. 그들이 내쉬는 한 숨 속에는 복잡한 감정이 실려 있었다.

아직 반 시진씩이나 남았다는 사실이 절망스러웠다.

그리고 이제 반시진 후면 저 권황 철리패라는 지옥에서 벗어날 수 있기에 기뻤다.

하지만 후기지수 중 몇 사람만은 달랐다. 그들만은 한숨 대신 이를 갈았다.

그 중 하나가 힘겹게 일어선다.

하정천이었다. 그는 손가락으로 톡 건들기만 해도 바로 쓰러질 듯이 위태로웠지만, 눈만은 불똥이라도 토해낼 듯한 살기등등한 눈으로 철리패를 노려보았다. 그러며 아직 쓰러져 있는 후기지수들을 향해 외쳤다.

"고작 반 시진 밖에 안 남았다! 일어나라!"

강위가 일어나며 말을 받았다.

"어이. 너희. 열흘 동안 얻어만 맞은 게 억울하지도 않아? 일어나자. 우리도 한 번은 때려봐야 할 거 아니야."

일결이 가볍게 몸을 일으키며 속삭이듯 말했다.

"소박하네. 때리는 게 아니라, 찔러는 봐야지."

하소인이 일어나며 말했다.

"전 찌르지는 못해도 이 손톱으로 긁어는 봐야겠어요."

그러며 장난스레 손톱을 세웠다.

네 명은 일어나자, 한 쪽으로 시선을 돌렸다.

그 자리에 쓰러져 있던 재경이 힘겹게 일어나며 말했다.

"이번엔 이겨보죠."

네 명은 빙긋 웃었다.

그들 다섯은 열흘 사이, 후기지수들의 중심이 되어 있었다.

누가 시켜서 그렇게 된 건 아니었다.

그렇다고 스스로 원해서 그렇게 된 것도 아니었다.

권황 철리패의 공격을 피하기 위해, 막기 위해, 반격을 하기 위해 움직이다 보니 어느새 후기지수들은 그들의 조언을 따르게 되었고, 어느 순간부터는 그들의 명령을 쫓게 되었다.

천마재생

그러니 권황 철리패라는 대적이 그들을 동료로 만들었고, 그들 다섯을 수장으로 세운 것이라고 해야 했다.

후기지수들은 하나 둘씩 일어나 그들 다섯 명을 향해 모여들었다.

이 순간, 재경이 나섰다.

"삼진으로 나눕시다. 일진은 끌어들이고, 이진은 막고, 삼진이 뒤를 칩니다."

재경은 후기지수들은 일사분란 하게 셋으로 나뉘었다.

열흘 동안 권황 철리패를 상대하며 정말 수많은 방법을 시도했다.

일대일로는 상대가 될 수 없음에, 모두가 힘을 합했고, 모두가 힘을 합해도 이겨낼 수 없기에, 효율적인 합공의 방식을 궁리했다.

가장 효율적인 합공의 방식을 만들어낸 건, 재경이었다.

그는 이처럼 다양한 유형의 무리와 함께 싸워본 경험이 있었고, 그렇기에 힘을 합하는 방법 또한 제법 잘 알고 있었기 때문이었다.

그리고 또 하나.

재경의 눈동자가 번들거리자, 후기지수들 모두가 긴장했다.

재경이 상대를 찌르고 베는 속도와 힘은 후기지수 중에서 가장 떨어진다.

하지만 틈을 노리고, 호흡을 조절하는 감각은 후기지수 중 그 누구도 따를 수가 없었다.

그 감각이 타고난 것이 아니라, 바로 야수감각도라고 불리는 실전무공의 전설이라는 것을 오직 하소인만은 알고 있었다.

그리고 이 감각이 보다 날카로워지고 더욱 뚜렷해지면, 그림처럼 명확하게 상대의 죽음을 그려낼 수 있음도 알고 있었다.

그 그림이 어떠한 이름을 가지고 있는 지도 알고 있었다.

'순살도(順殺圖).'

이 세상에 단 한 명만이 그려낼 수 있었던 그림.

아직 재경에게는 먼 얘기이다.

평생 이룰 수 없는 여정인지도 모른다.

하지만, 만약 닿는다면?

'세상은 또 한 명의 영웅이 탄생하겠지.'

하소인은 그런 생각을 하며, 재경의 진지한 얼굴과 눈빛에 집중했다.

그녀뿐만이 아니라, 후기지수들 모두가 재경이 공격의 신호를 보내기를 기다렸다.

하지만 재경은 식은땀을 흘리며 그저 권황 철리패를 노려보기만 할 뿐이었다.

천마재생

반면 권황 철리패는 셋으로 나뉘어 공격을 준비하고 있
는 후기지수들이 보이지 않는다는 듯이 그저 뒷짐을 쥐고
서 있었다.

그의 입이 벌어진다.

"너희에게 부탁이 있다."

권황 철리패가 부탁을 한다?

대체 무엇일까?

철리패의 입이 벌어졌다.

"삼관에도 역시 한 명의 교두가 너희를 기다리고 있을
것이다."

한 명의 교두?

그가 누구일지 모르겠지만, 권황 철리패만 아니면 된다
는 생각을 했다.

권황 철리패가 말했다.

"그 녀석의 얼굴을 뭉개 버려라."

하소인이 물었다.

"왜죠?"

권황 철리패가 송곳니를 드러냈다.

"보면 알게다."

"당신께서 직접 하시지요?"

철리패가 씁쓸한 미소를 지으며 고개를 내저었다.

"쉽지 않아."

권황 철리패가 쉽지 않다고 평할 사람이라.

대체 누구일까?

누구인지는 모르겠지만, 보면 모두가 알 만한 사람일 거다.

철리패의 입에서 쉽지 않다는 말이 나오도록 할 수 있는 사람이 몇이나 될까?

굳이 세어 본다고 해도 열 명이 넘지 않을 거다.

이번엔 하정천이 물었다.

"당신께서 쉽지 않다고 할 만한 사람을 저희가 무슨 재주로 뭉개버릴 수 있습니까?"

철리패가 빙긋 웃었다.

"그럴 수 있다. 너희가 각 관문에 숨겨진 기연을 얻는다면 말이야."

이번엔 강위가 물었다.

"각 관문에 숨겨진 기연이요?"

철리패가 고개를 끄덕였다.

"그래. 우리에게는 부담이지만, 너희에게는 기연이겠지. 너희가 훈련을 받는 과정 동안, 각 관문의 지기는 너희 중 한 명을 선별하여 심득을 전하기로 약속했다. 일관, 백보정심관이라고 했던가? 그 곳은 죽은 자가 죽음을 알려주는 관문이라고 들었다. 너희 중 한 명은 분명 얻었을 것이다. 그 관문의 심득은 야수(野獸). 누가 얻었느냐?"

그 순간 재경이 외치듯 말했다.

"저인 것 같습니다."

그러자 후기지수들 모두가 일제히 재경을 돌아보았다.

그들의 눈빛에는 질투 반, 그리고 감탄 반의 심정이 담겨 있었다.

철리패가 그럴 줄 알았다는 듯 희미한 미소를 머금었다.

"그래. 그랬겠지. 난 평생 세 사람에게 감탄하고, 그 중두 사람은 두려워도 했다. 네가 얻은 것의 주인이 바로 내가 감탄하고 두려워했던 두 사람 중 한 명이지."

후기지수 중 누군가 속삭였다.

"수라천마 장후?"

철리패가 피식 웃었다.

"그 분은 아예 논외고."

그럼 대체 누굴까?

어찌 되었건, 권황 철리패에게 탄복과 두려움을 자아내게 한 사람의 심득이라면 평범할 리가 없었다.

그렇기에 재경을 바라보는 후기지수들의 눈빛에 질투의 감정이 부풀어갔다.

그때 철리패가 말했다.

"내가 너희 중 한 명에게 전한 건, 흐음, 그래. 정권(正拳)이라고 해야겠지?"

정권?

후기지수들은 모두 서로를 돌아보았다.

지난 열흘, 저 권황 철리패라는 지옥에게서 뭔가를 얻은 사람이 자신들 중에 있었다는 거다.

하지만 그 누구도 나서는 이 없었다.

철리패가 피식 웃었다.

"그래, 숨겨라. 음흉한 녀석아. 그렇기에 너로 정한 거다. 난 언제나 홀로 맞서 싸웠다. 그렇기에 등이 넝마가 되었지. 너는 나의 것을 잇겠지만, 나의 삶을 따르지는 마라. 그렇게 음흉하고 조심스럽게 살아가 보아라. 하지만 알아야 한다. 주먹을 쥘 때, 그리고 내지를 때는 올발라야 함을. 그렇지 않으면 얻을 수 없을 것이다."

후지기수들은 서로를 돌아보았다.

그의 조언에 화답하는 이가 누구일까를 찾기 위해서였다.

하지만 여전히 아무도 나서지 않았다.

정권의 연을 이은 자가 대체 누구인지는 모르겠지만, 철저히 숨기로 마음먹은 듯했다.

"자, 그럼 마지막이다."

철리패가 그리 속삭이는 순간, 재경이 크게 외쳤다.

"지금!"

철리패가 사라지고, 주먹을 쥔 채 그들의 앞에 나타났다.

그 순간 기다렸다는 듯 후기지수들은 약속된 움직임을 보였다.

일진은 뒤로 빠져 철리패를 끌어들이고, 이진은 철리패의 공격을 막기 위해 휘감았다.

그리고 삼진은 곧 무너질 이진의 뒤에서 공격을 준비했다.

그 순간 철리패가 주먹을 휘둘렀다.

콰아아아아아아아아앙!

지금까지와 비교할 수 없는 우렁찬 굉음이 터지며, 후기지수들 모두가 날아올랐다.

벽과 천정에 부딪쳤다가 떨어져 내린 후기지수들은 일어나지 못하고 바닥을 기었다.

홀로 서 있는 철리패가 그들을 내려 보며 속삭였다.

"나쁘진 않았다. 이로써 너희는 기본은 갖추었구나."

그러며 철리패는 자신의 볼을 쓰다듬었다.

그의 볼에 두 개의 줄이 그어져 있었다.

그 중 하나를 만든 건, 재경이었다.

하지만 다른 하나는 누구일까?

그 누구도 보지 못했다.

철리패가 피식 웃으며 말했다.

"그래. 주먹은 그렇게 휘두르는 거다, 연자야."

후기지수들은 눈동자만 굴려 서로를 돌아보았다.

역시 아무도 나서지 않았다.

정권의 연을 이은 자가 누구인지는 모르겠지만, 매우 음흉하구나라는 생각이 들었다.

†

드디어 투관의 수련기간이 끝났다.

후기지수들은 환호성을 지르고 싶었다. 그리고 열흘이라는 시간동안 그들의 삶을 지옥으로 만든 철리패를 욕하고 싶었다.

하지만 아무도 그럴 수가 없었다.

철리패가 떠나지 않고 있었기 때문이었다.

훈련조교인 총대가 웃음을 머금고 팔자걸음으로 들어섰지만, 철리패를 보자 그대로 바로 웃음을 거두고 자세를 고쳤다.

총대가 철리패의 표정을 살피며 물었다.

"저기? 이제 아이들을 삼관으로 이동시킬 시간인데요?"

철리패가 고개를 끄덕였다.

"안다."

"네. 물론 아시겠지요. 그럼 좀 미룰까요? 삼관의 교두분께 좀 기다리라고 전하고 오겠습니다."

"아니. 그럴 수는 없지. 가자."

천마재생

"네?"

"같이 가보자. 내가 삼관의 교두를 본지 오래되어서 그래. 이런 기회가 아니면 언제 보겠나."

총대가 그제야 알겠다는 듯 크게 고개를 끄덕였다.

그리고 조심스레 물었다.

"혹시, 죽이시려는?"

철리패가 빙긋 웃었다.

"내가 죽인다고 죽을 녀석인가?"

총대가 고개를 저었다.

"아니죠."

그 순간 철리패가 눈살을 찌푸렸다.

"그래?"

총대는 실수를 했다고 여겼는지, 다시 고개를 저었다.

"제 말은 아닌 게 아니라는 거지요. 헤헤헤헤헤헤."

철리패가 피식 웃었다.

"그분께서 너를 두고 반편이라더니, 그러실 만 하구나."

총대의 표정이 일그러졌다.

그러자 철리패가 갑자기 생각났다는 듯 입을 살짝 벌렸다.

"아! 잘 하는 건 하나 있다고 하시더구나."

총대가 눈을 빛냈다.

"뭐라고 하셨습니까?"

"농사를 그리 잘한다지?"

총대가 눈을 얇게 좁히더니, 몸을 휙 돌렸다. 그러며 후기지수들을 향해 외쳤다.

"뭐하니! 시간이 남아돌아? 이런 반의 반편도 안 되는 것들."

그 순간 하소인이 고개를 갸웃하며 물었다.

"교두님, 저 보고 하신 말이에요?"

"아가씨만 빼고."

일결이 물었다.

"저도 말입니까?"

"너도 빼고. 아, 그래. 다 빼자. 그래 나만 반편이고, 나만 병신이지, 그냥. 에휴. 가자. 가. 삼관의 교두님이 기다리신다!"

그러며 총대는 성큼성큼 발을 내딛었다.

第七十五章.

안 가르쳐 줄 거야

第七十五章.

안 가르쳐 줄 거야

　삼관은 이관인 투관과는 전혀 달랐다.

　삼관에 들어선 후기지수들은 걸음을 멈추고, 천천히 주변을 둘러보았다.

　아름다운 연못을 가운데 두고 있는데, 그 위로 구름 같은 안개가 넘실거렸다.

　천정에는 다양한 보석이 잔뜩 박혀 있어서, 횃불의 빛을 반사해줌으로써 마치 이곳이 천당이 아닐까 하는 착각이 들만큼 아름다웠다.

　연못의 중심부, 배의 형태를 한 정자가 있었다.

　정자는 마치 밑에 깔린 안개를 물결이라는 듯 타고, 어디론가 떠나갈 것만 같았다.

정자의 안, 누군가 누워 있는 게 보인다.

총대가 외쳤다.

"애들 데리고 왔습니다."

그러자 정자 안에 누워있는 사람이 손이 휙 들어올렸다.

알았다는 듯이 대충 휘적거린다.

그때였다.

후기지수들에 섞여 있던 권황 철리패가 슬며시 주먹을 쥐더니, 천천히 무릎을 굽혔다.

그 순간, 배의 형태를 한 정자 안에 누워 있던 사람이 벌떡 상체를 일어섰다.

"설마?"

철리패가 빛살이 되어 정자를 향해 뻗어나갔다.

콰아아아아아아앙!

정자가 산산이 부서졌고, 그 안에 누워 있던 사내는 철리패의 주먹을 얻어맞고는 반대편으로 날아갔다.

콰아아아아앙!

굉음과 함께 사내가 벽 속으로 사라졌다.

그의 위로 종유석이 떨어져 내려 사내의 흔적을 지워 버렸다.

후기지수들은 입을 쩍 벌렸다.

삼관의 교두가 누구인지는 모르겠지만, 필시 죽었을 것이다.

대체 왜 철리패는 갑자기 기습을 하여 삼관의 교두를 죽여 버린 걸까?

철리패는 주먹을 내리더니, 마음에 안 든다는 듯 눈살을 찌푸렸다.

"제대로 한 방은 먹이고 싶었는데. 쯧쯔."

그렇게 속삭인 후, 철리패는 몸을 돌렸다.

그리고 연못의 표면을 딛고 걸어 나와, 후기지수들의 사이를 가르고 지나가더니, 통로 속으로 사라져 버렸다.

후기지수들은 어찌할 바를 몰라, 철리패가 사라져 버린 통로와 삼관의 교두가 날아가 박힌 벽면을 번갈아보았다.

어느 순간, 벽면 속에서 목소리가 흘러나왔다.

"갔냐?"

족히 오십여 장의 거리를 두고 있는 데에도, 바로 옆에 속삭이는 것처럼 들렸다.

그렇기에 후기지수들은 눈을 휘둥그레 떴다.

천리전성(千里傳聲)!

상대가 천리 바깥에 있더라도 목소리를 전할 수 있다는 전설상의 전음공부였다.

물론 실제로 천리가 떨어진 사람에게 목소리를 전할 수는 없었다. 하지만 궁극에 이르면 십여 리 정도의 거리까지는 가능하다고 했다.

대체 누굴까?

권황의 공격을 받고도 죽지 않았을 뿐 아니라, 절정고수라고 하여도 힘겨운 고도의 전음무공인 천리전성을 아무렇지도 않게 사용하다니.

하지만 총대는 그럴 줄 알았다는 듯 대수롭지 않은 말투로 대꾸했다.

"모르겠는데요."

"모르면 알아 봐."

총대가 으쓱했다.

"제가 알아본다고 알겠습니까? 권황 어르신께서 가면 가는 거고 오면 오는 거죠, 뭐. 그런데 괜찮으십니까?"

"괜찮을 것 같냐?"

총대는 목을 숨기며 중얼거리듯 말했다.

"왜 저한테 그러십니까."

"네가 데리고 왔으니까, 그러는 거 아냐!"

"아니, 온다는 데 어쩝니까! 그러게 뭘 그렇게 피해 다녀요!"

"왜 피하겠냐! 보면 때릴 게 뻔하니까 피했지!"

"어차피 맞았잖습니까! 아, 진짜 내가 동네북인가. 왜 나만 가지고 이래. 아, 진짜 더러워서 못해 먹겠네."

"너, 그 분 믿고 개기는 거지?"

"그렇죠. 믿을 만 하잖습니까."

콰아아아아아아앙!

벽면이 터져 나가며, 그 안에 갇혀 있던 사람이 휙 날아와, 총대 앞에 섰다.

총대가 휙 몸을 돌리더니, 빛살이 되어 달려갔다.

사내가 외쳤다.

"너 이 새끼, 거기 안 서?"

통로 속에서 총대의 외침이 터져 나왔다.

"그 분이 삼관의 교두시다. 열흘 후에 보자."

후지기수는 삼관의 교두라는 사내를 돌아보았다.

이제 사십대 중반 정도 되었을까 싶었다.

사내는 씩씩거리더니, 자신을 바라보는 후기지수들을 향해 씩 웃었다.

"나니까 산거야. 하하하하하하핫!"

후기지수 중 누군가 말했다.

"회주님?"

하정천이었다.

사내가 크게 고개를 끄덕인 후 말했다.

"그래. 바로 내가 삼관의 교두, 위수한이다."

후기지수들의 입이 쩍 벌어졌다.

†

협왕 위수한.

157

현 강호무림을 양분하는 두 개의 단체 중 하나, 제협회의 회주.

천하를 통틀어 다섯 손가락 안에 드는 권력자가 바로 그이다.

그가 왜 이곳에 있다는 건가?

하지만 후기지수들의 놀라움은 빠르게 가라앉았다.

권황 철리패가 이관의 교두였으니, 삼관의 교두가 위수한인 건 어쩌면 당연할 수도 있겠구나 라는 생각이 들었기 때문이었다.

하지만 위수한은 후기지수들이 조금 더 놀라주기를 바랐었나 보다.

"분위기가 뭐 이래? 쯧쯔. 권황 선배가 애들을 버려 놨구나."

후기지수들은 입을 다물고 가만히 위수한을 바라보았다.

철리패가 그들에게 삼관 교두의 얼굴을 뭉개 버리라고 부탁한 이유를 이제야 알 수 있었다.

참 밉살스런 사람이다.

집마맹의 시절, 정파무림을 이끌었던 영웅 중 한 명인 철리패가 이 시대에 고작 자신의 장원에서 텃밭이나 일구며 살았던 건, 후학들에게 길을 양보하기 위해서가 아니라 위수한 때문이었다.

위수한은 검성 하지후와 손을 잡고, 정파무림의 세력구
도를 개편했고, 그 결과가 바로 제협회였다.

그렇기에 제협회에는 철리패의 자리가 없었다.

때문에 철리패는 분노하여 자신의 세력을 이루려 했었
지만, 정치와 모략에 능한 위수한의 방해로 인해 좌초되고
말았다.

전투와 대결이라면 위수한이 권황 철리패의 주먹을 막
을 수는 없지만, 지모의 싸움이라면 위수한은 열 명의 철
리패라도 상대할 수 있었다.

결국 철리패는 패배했고, 위수한이 마련해 준 장원에 박
혀 살 수 밖에 없었다.

위수한은 그에 대해 영예로운 은퇴라고 표방했지만, 철
리패 자신에게는 수모였다.

그리고 세월이 흘러, 철리패가 다시 강호무림에 나서게
되었다.

철리패는 당연히 그날의 수모를 잊지 못했고, 위수한은
당시의 수모를 잊을 수가 없었다.

우여곡절 끝에 두 사람은 이렇게 손을 잡기는 했지만,
그건 그거고 이건 이거다.

철리패는 위수한과의 만남을 고대했지만, 위수한은 그
의 마음을 읽고 문서로 자신의 뜻을 전하거나, 사람을 통
해 전달했다.

그리고 이제야 비로소 두 사람이 마주할 수 있었던 거다.

이 기회를 놓치지 않으려는 권황 철리패가 위수한에게 한 방을 먹이려 했고, 결국 이렇게……

"맞은 척 했지. 진짜 맞은 건 아니야."

협왕 위수한은 그렇게 변명하듯 말했다.

입가에 맺힌 핏물이나 닦고 말하면 그나마 설득력이 있으련만…….

"저 노친네. 하여간 속이 좁쌀만 해. 뭘 그런 걸 아직도 기억하고 그래. 잊을 건 잊고, 그래도 못 잊겠으면 그대로 노력 좀 해서 잊고, 그렇게 사는 게 아니냐? 응? 그렇지 않냐?"

당신이야 잊고 싶겠지요.

위수한은 후기지수들의 냉담한 표정을 살핀 후, 콧방귀를 꾸었다.

"내 편이 없네. 저 노친네, 애들을 어떻게 구워삶은 거야? 에고고고. 아파라. 아! 맞은 거 아니다. 내 나이 되면 가만있어도 아프고 그래. 알았지?"

입가에 맺힌 핏물이나 닦고 저리 말하면 얼마나 좋겠냔 말이다.

협왕 위수한이 등을 돌려 걸어가더니, 연못가에 평편한 자리에 털썩 주저앉았다.

그리고 손가락질로 후기지수 중 한 명을 가리켰다.

"너, 저 쪽 가면 술이랑 음식을 쌓아놓았으니까, 몇 명 데리고 가서 이리 좀 가져와."

지목받은 후기지수는 슬며시 고개를 돌려 강위를 바라보았다.

후기지수들은 지난 열흘 동안 다섯 명의 명령을 쫓았다.

그 다섯 명 중 한 명이 강위로, 그는 일반적인 상황에 지휘를 도맡아 했다.

강위가 말했다.

강위가 가볍게 고개를 끄덕였고, 그러자 지목당한 후기지수가 네 명을 이끌고 위수한이 가리킨 방향으로 걸어갔다.

그 모습을 지켜보던 위수한이 히쭉 웃었다.

"네가 걔냐?"

강위가 빙긋 웃으며 대꾸했다.

"걔가 누군지 모르니, 어찌 말씀드려야 할지 모르겠습니다."

"너희 오교주 대신 주먹 맞은 놈."

강위의 표정이 굳었다. 하지만 바로 풀고 말했다.

"제가 걔입니다."

"척 보니 알겠구나."

강위는 걸음을 옮겨, 위수한의 맞은편으로 다가가 앉았다.

천마재생

거의 동시에 하정천과 하소인, 그리고 재경이 움직여 주변의
자리를 차지했다.

위수한이 그들을 둘러보며 말했다.

"바로 너희구나?"

하소인이 꽃처럼 환한 미소를 지으며 물었다.

"저희가 뭔데요?"

"다음 시대를 이끌 놈들. 이 난리통에 죽지만 않으면 말
이야."

그러자 후기지수 중 한명이 다가오며 말했다.

"저도 그 자리에 껴야겠군요."

오륜마교의 취아홍이었다. 거의 동시에 삼소천 둘이
다가왔고, 그 뒤를 이어 후기지수들 모두가 발을 내딛었
다.

그들은 위수한의 주변을 둥글게 에워싸고 앉았다.

그 사이, 술과 음식을 가지러 갔던 다섯 명이 한 짐씩 들
고 와 위수한의 앞에 내려놓았다.

위수한이 손을 뻗어 술병 하나를 집어 들며 말했다.

"뭐해? 먹어라."

그러자 재경이 가장 먼저 손을 뻗어 음식을 챙겼다. 거
의 동시에 일결도 음식을 손에 쥐었다.

위수한이 술병을 입에 가져다 대며, 히쭉 웃었다.

"마음이 빠른 녀석들이네. 솔직하고, 진지하지. 하지만

그래서 일찍 죽는단다. 오래 못 살겠어."

그 순간 재경과 일결이 움찔했다. 그리고 위수한의 얼굴을 빤히 바라보았다.

위수한은 다시 히쭉 웃었다.

"뭐, 그렇다고. 내가 점쟁이냐? 다 맞추겠어?"

재경과 일결은 찜찜하다는 듯한 얼굴로 손에 쥔 음식을 입에 가져갔다.

위수한이 모두를 둘러보며 말했다.

"뭐해? 꼬락서니 보니 며칠을 굶은 거 같은데, 뭘 구경만 하고 있어? 배가 불렀나 보네. 쯧쯔쯔."

하소인이 나서서 음식을 집어 들며 배시시 웃었다.

"잘 먹을 게요."

위수한이 고개를 끄덕였다.

"그럼 잘 먹어야지. 그분께 잘 먹었다고 꼭 얘기도 전해주고."

하소인의 눈동자가 살짝 떨렸다. 하지만 바로 평소의 표정으로 돌아와 물었다.

"우리는 이제 무엇을 배우게 됩니까?"

위수한이 고개를 저었다.

"아무것도."

후기지수들 모두가 위수한을 바라보았다.

위수한이 다시 말했다.

163

"왜? 좋잖아. 앞으로 열흘 동안 신나게 퍼마시고, 먹어. 그럼 통과야."

하정천이 물었다.

"그래도 됩니까?"

"그럼. 교두인 내가 그렇다는데, 누가 뭐래! 대신 나가서 누가 물으면 잘 배웠다고 말만 해줘. 남자의 약속이다."

하소인이 웃는 낯으로 말했다.

"저는 여자니까 해당되지가 않네요."

위수한이 술병을 내밀며 말했다.

"여자는 제대로 가르쳐 주려고 했지. 술 마시는 법을 말이야. 허허허헛. 그거 아는가? 술 취한 여인은 아름답다는 걸? 취해주는 여인은 더더욱 아름답고."

하소인은 술병을 받아들고, 빙긋 웃었다.

"그럼 저는 못 생긴 건가요?"

"아니지. 더더욱 아름다워질 수 있다는 거지."

"회주께서 이렇게 재미난 분인지 몰랐어요."

"더 재미난 사람이야. 알려줄까? 우리 어디 조용한 곳으로 가서 둘만 한잔 할까?"

"그건 재미없네요."

"쳇, 아쉽구나. 이래서 술이 늘어."

그러며 위수한은 술병을 기울였다.

재경이 물었다.

"우리는 뭘 배우게 됩니까?"

위수한이 짜증어린 얼굴로 투덜대듯 말했다.

"배우긴 뭘 배워. 안 가르친다고. 그냥 먹고 마시다가, 끝내. 내가 가르칠게 뭐가 있다고 그래."

일결이 말했다.

"그럼 왜 오신 겁니까?"

"오라고 하니까 왔지."

하소인이 물었다.

"가서 뭘 가르치라고 하셨는데요?"

위수한이 어쩔 수 없다는 듯 한숨을 쉬었다.

"내가 가장 잘 하는 거."

하정천이 이죽거렸다.

"아! 책임을 피하는 방법이군요."

그러자 위수한이 크게 고개를 끄덕였다.

"맞아. 바로 그거지."

그러며 빈 술병을 던지고, 다른 술병을 찾아 손을 뻗었다.

술병을 찾아 집어 들더니, 마개를 열며 말한다.

"정확히 말하면 도망치는 법."

그리고 술병을 입가에 가져다 대더니, 향을 음미하며 말했다.

"달리 말하면 어떤 상황 속에서도 살아남는 법이지."

그리고 술병을 입에 가져다 대고 단숨에 비워버렸다.

빈 술병을 집어던지며 말했다.

"하지만 안 가르쳐 줄 거야. 왜?"

씩 웃으며 말을 잇는다.

"내가 협왕 위수한이니까."

†

적을 앞에 두고 등을 돌린다는 건 치욕적인 선택이다.

적이 아무리 강하다고 하여도, 싸워야 한다.

죽더라도 이겨 넘어야 한다.

그것이 명예이고, 오히려 진정한 승리이다.

그리고 그것이야 말로 승자들의 역사이다.

후기지수들은 각자의 가문에서 그렇게 배웠다.

그러니 권력자들은 그런 길을 걸어왔고, 이겨내고, 살아남았기에 지금의 지위에 이를 수 있었다고 여겼다.

하지만 이 시대의 패자 중 한 명인 위수한은 달랐다.

근간부터 다른 이야기를 하고 있었다.

"잘 배웠네. 그렇게 소모품이 되는 거야."

그러며 위수한은 후기지수들을 비웃었다.

"한 명의 권력자가 태어나려면, 천 명, 아니, 만 명을 희생양으로 삼아야 하지. 그러면 희생양을 어디서 찾을까? 목줄을 끌어다가 대신 죽어라고 윽박지르겠어? 아니지. 나를 대신하여 죽을 짓을 하다보면 언젠가는 나처럼 된다. 그러니 나처럼 되기 위해 나 대신 죽어라. 그러면 최선을 다해 대신 죽어주지. 너희의 사문과 집안은 너희에게 그걸 원하는 거고. 열심히 해봐. 응원하지."

후기지수들은 그의 냉담한 표정과 빈정거리는 말투가 낯설고 불편했다.

그들이 아는 위수한은 말 그대로 협객의 왕.

정의롭고, 지혜롭고, 신중하며, 그 누구보다 협의로운 사람이다.

그렇기에 명가나 명문대파의 출신이 아님에도, 정파무림의 연합체인 제협회의 회주가 될 수 있었다.

그런데 지금 그들의 눈앞에 앉아있는 위수한은 어디서나 볼 수 있을 법한 시정잡배에 지나지 않았다.

대체 왜 이러는 걸까?

짐작할 수 있는 이유는 하나이다.

본래 이런 사람이라는 거다.

이게 위수한의 진면목이고, 지금까지 보고 들었던 위수한이라는 사람이야 말로 가면이라는 거다.

대체 이런 작자가 어떻게 제협회의 회주가 될 수 있었던 걸까?

천마재생

"내가 제협회의 회주가 될 수 있었던 게 대명정대하고 협의롭기 때문이라? 혹시 그렇게 여겼던 건 아니지? 너희 그 정도로 바보는 아닐 거야. 그렇지?"

위수한은 조롱조로 하는 말을 더는 참지 못한 후기지수 중 하나가 불만 섞인 목소리로 외치듯 말했다.

"그럼 왜 당신을 회주로 세웠다고 여기십니까?"

"죽이려고."

모두가 깜짝 놀라 눈을 휘둥그레 떴다.

위수한은 대수롭지 않다는 듯 말을 이어갔다.

"수라천마 사후, 정파무림에는 또 다른 위기가 찾아왔어. 일시적인 연합을 이루기는 했지만 당시에 있었던 부패와 불만, 잡다한 뒤처리를 해줄만한 희생양이 필요했지. 그게 나였던 거지."

하소인이 물었다.

"그런데 어떻게 죽지 않았죠?"

위수한이 씩 웃었다.

"내가 협왕 위수한이니까."

후기지수들은 허탈하여 한숨을 내쉬었다.

또 이런 식이다.

위수한은 자신의 이름이 무슨 질문을 해도 통용되는 만능의 답이라고 여기는 듯했다.

이미 후기지수들은 하나둘 씩 자리를 떠나, 위수한 곁에는 고작 열 명 만이 남아있었다.

다른 후기지수들은 투관에서 입은 상처와 체력을 회복하기 위해 운기행공을 하거나, 혹은 잠들어 있었다.

이미 위수한이라는 사람에 대한 관심이 사라진 듯했다. 그가 아무것도 가르쳐주지 않겠다는 사실에 실망하여서라기보다, 저런 사람에게 배울 건 없다고 판단내린 까닭이었다.

그리고 이번 대답으로 인해 남아있던 후기지수 중 둘이 자리를 박차고 일어났다.

이제 위수한의 주변에 앉아있는 후기지수는 모두 아홉 명.

삼소천 중 둘과 취아홍, 독고가, 그리고 하정천과 하소인, 일결, 강위, 재경이었다.

그들만은 위수한에게서 무언가를 배울 수 있고, 배워야 한다고 여기는 걸까?

지금껏 말이 없던 일결이 물었다.

"협왕 위수한이 무엇입니까?"

그 순간 위수한의 눈이 번쩍였다. 그러며 마음에 든다는 듯 씨익 하고 웃었다.

"답을 얻으려면, 질문을 잘해야 한다. 제대로 질문을 해야 제대로된 답을 얻을 수 있지. 지금까지 너희는 질문이 글러먹었어. 좋은 질문이야. 협왕 위수한이 무엇일까? 내가 묻자. 협왕 위수한이 무엇이냐?"

169

재경이 가장 먼저 답했다.

"영웅입니다."

하소인이 대꾸했다.

"권력자죠."

강위가 말했다.

"정파무림의 지배자이죠."

하정천이 말했다.

"선동꾼입니다."

듣기에 기분 좋은 칭호도 있는가 하면, 당장이라도 버럭 소리질러 화를 낼만큼 모욕적인 표현도 있었다.

하지만 네 사람의 대꾸를 들은 위수한은 모두 받아들이겠다는 듯 그저 고개를 끄덕였다.

"그래. 협왕 위수한은 그런 사람이다. 선동꾼이며, 희대의 모략가이며, 권력자이며, 또 영웅이기도 하지. 나는 내 목숨을 지키기 위해 사람을 선동해야 했고, 정적을 몰아내기 위한 음모를 짜야 했고, 체제와 지위를 유지하기 위해 권력을 행사해야 했다. 피곤한 일이지. 하지만 그 모든 행위에는 대의와 협의가 바탕이 되었기에 영웅일 수 있었다. 그게 협왕 위수한이다."

하정천이 물었다.

"마치 당신과 협왕 위수한은 다른 사람이라는 듯이 말하시는 군요."

위수한이 씩 웃었다.

"그래. 난 협왕 위수한이 아니야."

여덟 후기지수들의 눈이 커졌다.

이제와 위수한이 아니라니?

그럼 이 사내는 누구라는 건가?

"협왕 위수한이라는 별호와 이름이야말로, 나의 직업이지. 그러니까 난 협왕 위수한이 아니야. 알아듣겠는가?"

후기지수들은 서로를 둘러보았다.

협왕 위수한이 직업이다?

그러니 협왕 위수한이 아니다?

이건 또 무슨 말장난일까?

하지만 하소인만은 알아듣겠다는 듯 고개를 끄덕이며, 물었다.

"그러면 협왕 위수한이라는 직업을 벗어던진, 당신은 어떤 분입니까?"

위수한이 가볍게 자신의 가슴을 두들겼다.

"보면 알지 않는가?"

하소인이 베시시 웃었다.

"이런 분이시군요."

"그래. 이게 나이지."

하소인이 물었다.

천마
재생

"그럼 왜 협왕 위수한이라는 전혀 안 어울리는 직업을 얻으신 건가요?"

마침 술병을 입에 가져가던 위수한이 뚝 멈췄다. 잠시 머뭇하던 위수한이 입을 열었다.

"그건 왜 묻나?"

하소인은 제대로 걸렸다는 듯한 앙큼한 미소를 그리며 말했다.

"그래야 당신이라는 분을 조금이나마 알 수 있을 것 같아서요."

위수한이 그녀를 가만히 바라보다가 짧은 한숨을 내쉬었다.

"좋아. 말해주지. 질문을 받으면 답을 해준다. 그게 이곳으로 보낸 분과의 약속이었으니까."

그러며 시선을 하늘 쪽으로 돌렸다.

"내가 협왕 위수한을 꿈꾸게 된 이유는 한 사람을 보았기 때문이라네. 이건 좀 긴 이야기가 되겠구만. 술이 없으면 듣기도 말하기도 싫은 이야기라네. 그래도 들어 보겠나?"

하소인 뿐 아니라, 다른 일곱의 후기지수가 모두 고개를 끄덕였다.

협왕 위수한은 술병을 다시 입으로 가져다대며 말했다.

"내 나이가 열두엇 쯤이었을 때의 일이야. 그때는 모두가 알다시피 집마맹의 세상이었네. 집마맹의 뜻을 거스르는 세상에 없었고, 있다면 얼마 버틸 수가 없었지. 그때는 그런 세상이었네. 나는 그게 이상하다는 생각을 하지 못했어. 내가 태어났을 때부터 이미 세상은 집마맹의 것이었으니까. 그러니 어렸던 내게 꿈이라고는 언젠가 집마맹의 마인이 되는 것뿐이었지. 아무나 죽여도 되고, 무엇이든 빼앗아도 되고, 손에 잡히는 건 뭐든 마음에도 해도 되는 그들이 되고 싶은 건 당연히 꿈이지 않겠나? 내가 고아였던 이유도 바로 집마맹의 마인 때문이었다지만, 그게 무슨 상관인가? 이미 세상은 집마맹의 것이었는데. 집마맹의 마인이 아니었던 부모가 잘못이지. 그렇기에 난 집마맹에 입문했다네."

위수한이 눈을 지그시 감았다. 그에게도 아픔인지 그의 미간에 짙고 깊은 주름이 생겼다.

"그때, 열두어 살의 난 그랬네."

†

열두 살 먹은 아이가 홀로 살아갈 수 있는 방법은 별로 없다.

세상은 어른들의 것이고, 어른들이 사용하기 편리하게 만들어져 있다.

173

그러니 아이가 홀로 살아가려면 서둘러 어른이 되어야
한다.

아니면, 어른의 곁에 붙어 있거나.

하지만 이 시대의 어른은 냉정하다.

무섭다.

야비하다.

약한 것을 부수고 찢어버릴 뿐, 지켜주는 어른은 없다.

있다고 하더라도 본 적이 없다.

그러니, 어른의 곁에 있으려면 이용할 만한 가치가 있어
야 한다.

어른이 뭔가를 원할 때 표정만으로 헤아려 먼저 알고,
먼저 가져오거나 처리하여야 한다.

그러면서도 바라는 대가는 아무것도 없어야 한다.

그래야 붙어 있을 수 있다.

그게 열두 살 아이, 위수한이 선택한 생존법이었다.

그만의 생존방식은 상당히 성공적이었고, 덕분에 나름
힘 있는 어른의 곁에 머무를 수가 있었다.

집마맹 십대마존 중 일인인 패존의 시동이라는 위치.

그 어떤 어른이라고 해도 무시할 수 없는 권력이었다.

하지만 위수한은 방심하지 않았다.

이전의 시동들이 그랬듯이, 자신 역시도 패존의 마음을
거스를 시엔 쉽게 내쳐질 수 있으니까.

그러니 바라는 건 조금도 없어야 한다.

있다면 지워야 한다.

어른이 될 때까지.

패존 보다 더 강하고 무서운 어른이 될 때까지.

그때가 오면……

아니.

그런 생각도 해서는 안 된다.

생각을 지워야 한다.

"잘 하네."

패존이 피식 웃으며 하는 말에, 위수한은 입술을 깨물었다.

무슨 뜻일까?

아니지. 무슨 뜻인지 생각해서는 안 된다.

그저 시키는 것만 하고, 말하는 건 들을 뿐이다.

그래야 패존이라는 이 무서운 사람의 마음에 들 수 있다.

패존이 다시 말했다.

"아주 잘 해. 네 나이가 몇 이라고?"

그제야 위수한의 입이 벌어졌다.

"열 두 살입니다."

"그래? 내 시동으로 있은 지 얼마나 되었더라?"

"백 일 정도 되었습니다."

175

"백 일이라. 길구나."

그랬다.

패존의 시동 중 보름 이상을 버틴 녀석은 없었다.

패존은 이 세상에서 몇 손가락 안에 드는 힘 있는 어른
이지만, 자신의 시동에게만은 아이처럼 굴었다. 그리고 시
동을 장난감처럼 다루었다.

그렇기 때문에 패존의 시동은 대부분 보름을 버티지 못
하고 망가졌다.

하지만 위수한은 무려 백여 일이나 패존의 시동으로 일
하고 있었다.

지금까지 전례가 없었던 일이었다.

어떻게 그럴 수 있었을까?

패존 자신도 새삼 신기한 눈치였다.

"너, 이름이 뭐냐?"

이제와 이름을 묻다니.

백 일이나 곁에서 시중을 들어온 시동에게 할 질문은 아
니다.

하지만 패존은 당연하다는 듯한 태도로 물었고, 위수한
역시 당연하다는 듯 대꾸했다.

"위수한이라고 합니다."

"위수한? 어떻게 시동이 된 거지?"

"절검문의 식솔이었습니다. 주인님께서 절검문을 무너

트린 후, 여인과 아이는 죽이지 말고 노예로 거두어들이라
고 명하셨기에……."

"내가? 그랬나?"

"네. 그러셨다고 합니다."

"절검문이라. 보자. 가물가물 하구나. 흐음, 한 사년 전
쯤이었던 것 같은데? 그치?"

"네. 그렇습니다."

"네 아비는?"

"절검문의 무인이었습니다. 사년 전 주인님께서 절검문
을 징치하러 오셨을 때, 죽었습니다."

"그래? 내 손에 죽었나?"

"모르겠습니다."

"그래. 안 되었구나."

말과는 달리 패존은 씨익 하고 맑은 느낌의 미소를 그렸
다.

그 표정을 보고도 위수한은 담담하기만 했다.

패존이 물었다.

"내가 밉겠구나?"

"그렇지 않습니다."

패존이 불쑥 고개를 들이밀어 위수한의 자그마한 얼굴
에 자신의 얼굴을 가져다 댔다.

위수한은 깜짝 놀랐지만 피하지는 않았다.

천
마
재
생

패존의 눈이 위수한의 눈에 닿을 정도로 가까이 다가와 있었다.

패존이 물었다.

"네 말대로라면 난 네 부모의 원수나 다름없는데, 왜 안 밉지?"

위수한은 그의 눈동자를 마주 보며 떨리는 목소리로 말했다.

"저, 전 집마맹의 마인이니까요."

패존의 눈동자가 빛났다.

"너, 꽤 재미난 녀석이로구나. 왜 눈치를 못 챘을까?"

패존의 얼굴이 뒤로 물러났다.

"하기야 더 재미난 녀석이 있으니 모를 수밖에."

그러며 자리에서 벌떡 일어났다.

그리고 등을 돌려 어딘가를 향해 걸어갔다.

그의 뒷모습을 보며 위수한은 남몰래 안도의 한숨을 내쉬었다.

위수한이 무려 백일씩이나 패존의 시동노릇을 할 수 있었던 건, 그가 이전의 시동과 달리 뛰어난 재주가 있거나 패존의 마음에 쏙 드는 행동을 해서가 아니었다.

다만, 패존이 지난 백여 일 동안 뭔가에 빠져 있어 홀로 외유하는 시간이 많았기 때문이었다.

정확히 말하면, 집마맹의 성지인 숭마림이 사파의 최강

자인 만악제와 그의 잔당에 의해 궤멸된 이후부터 였다.

숭마림의 수호마존이었던 패존은 집마맹주에게 질책을 받았고, 때문에 서열이 강등당하는 수모까지 겪었다고 했다.

패존은 무서운 사람이다.

그리고 권력형의 인간이다.

그러니 패존이 뭔가에 빠져있다는 건, 아마도 복권을 위한 술책을 꾸미는 중이라고 여겨지지 않을까?

그러니 위수한이라는 꼬맹이 시동이 눈에 띄지 않았겠지.

멀어져 가던, 패존이 갑자기 멈추더니, 고개를 휙 돌렸다.

"어이, 시동. 이리와 봐."

위수한은 긴장을 숨기지 못하고, 딱딱 끊어지는 걸음으로 패존을 향해 다가갔다.

"부르셨습니까?"

사실 위수한은 이렇게 묻고 싶었다.

'저를 죽이실 겁니까?' 라고.

패존이 씩 웃으며 말했다.

"내가 재미난 걸 보여줄까?"

NEO ORIENTAL FANTASY STORY

第七十六章.

이거 맞네

第七十六章.

이거 맞네

패존.

너희는 모르겠지?

집마맹의 십대마존이 어떤 이들이었는지를.

이렇게 말하면 알아듣기 쉬우려나?

지금의 권황 철리패 정도의 고수들이라고 여기면 돼.

왜?

거짓말 같나?

후후후훗.

그랬다면 나도 좋겠구나.

하여간 그랬어.

패존은 그런 십대마존 중에서도 세 손가락 안에 드는 인

183

물이었지.

야심가였고, 젊었고, 그럼에도 신중한 자였어.

그렇기에 모두가 다음 대의 집마맹주가 될 사람을 꼽으라면 패존일 것이라고 얘기하고는 했지.

그 이야기, 집마맹주도 들었을 거야.

그렇기에 패존은 언제나 견제를 받았지.

능력에 비해 대우를 받지 못했고, 좀 한직이나 중요치 않은 임무를 받았지.

예를 들어 숭마림의 수호마존과 같은?

엄청 불만이 많았을 거야.

마음 같아서는 집마맹을 확 뒤집어 버리고 싶었겠지.

하지만 그는 참았어.

오히려 자신에게 가해지는 공정치 못한 대우를 웃음으로 넘겼지.

그는 세상 사람들이 여기는 것보다 더욱 무서운 사람이었던 거야.

단 한 번의 기회가 올 때까지, 정말 집마맹을 제대로 뒤집어엎을 순간을 낚아챌 때까지, 야망을 숨기고 준비해왔던 거지.

그리고 그가 무슨 준비를 어떻게 했었는지를 나는 그 날 알게 되었어.

아직도 궁금한 건, 왜 그가 고작 시동이었던 네게 그걸 보여준 것인지를 알 수가 없다는 거야.

굳이 따지자면, 그 누구에게도 들켜서는 안 될 비밀이지만, 그렇기 때문에 누군가에게만 얘기하고 싶은, 모순된 감정이지 않았을까?

시동 정도면 얘기를 하고 나서 죽여 입을 막아도 될 거라는 아주 가벼운 의도이지 않았을까?

하지만 패존은 그런 싸구려 감정을 조절하지 못하는 어수룩한 사람이 아니었어.

그런 사람이었다면, 그런 야망을 품고 있지도 않았겠지.

뭐?

내게 협왕 위수한이라는 꿈을 품게 만든 자가 패존이냐고?

그럴 리가 있겠나.

그는 그저 안내자였을 뿐이야.

나를 운명으로 이끈? 허허허허헛. 그렇게 말하니 내가 무슨 대단한 사람 같지만, 그 날 내가 본 광경은 분명 운명이었다고 믿네.

그가 나를 데려간 곳, 바로 그곳에 그가 있었지.

†

패존이 위수한을 데려간 곳은 그의 처소인 집마패원(集魔覇院)의 바로 밑에 위치해 있었다.

천마재생

정확히 말하면 처소의 밑, 수십 장 밑에 자리해 있었다.

그렇기에 패존을 제외하고는 아무도 이런 곳이 있는 줄 알 수 없었던 듯 했다.

아니다.

그럴 리가 없다.

어린 위수한이 보기에도 패존이 데려온 지하공간은 자연적으로 형성된 것 같지가 않았다. 분명 막대한 인력이 동원된 흔적이 보였다.

그런데도 아무도 모른다?

이 공간을 만들기 위해 동원된 인력은 모조리 사라져 버렸기 때문이리라.

어디로 어떻게?

어린 위수한은 그 답을 쉽게 찾을 수 있었다.

누구라도 찾을 수 있었을 것이다.

집마맹에서 벌이는 일은 대부분 이런 식으로 마무리 되었으니까.

패존은 지하공간에 내려오자, 평소와는 달리 약간은 들뜬 표정으로 말했다.

"이곳에 누군가를 데려온 건 네가 처음이야."

위수한은 넙죽 고개를 숙였다.

"영광입니다, 주인님."

패존이 빙긋 웃었다.

"그렇더냐?"

그렇게 말하며 손을 뻗어 위수한의 머리를 쓰다듬었다.

그의 따뜻한 손길을 느끼며 위수한은 깨달았다.

아, 난 이곳에서 죽게 되는구나.

슬프기보다 아쉬웠다.

패존의 시동이 되었을 때, 이미 얼마 못가 죽게 될 것임을 알고 있었기 때문이었다.

그럼에도 조금은 더 살고 싶었다.

희망이 있을까?

위수한은 자신이 아는 가장 밝고 순진한, 그리고 귀여운 표정을 지었다.

"이렇게 잘 대해주시는 주인님을 만나 참으로 고맙습니다."

패존의 미소가 짙어졌다.

"그래? 허허허허. 제법이야."

위수한은 그의 표정을 보며 다시금 깨달았다.

자신이 오늘 이곳에서 죽게 될 것임을.

패존이 말했다.

"자, 뭐부터 구경시켜줄까? 그래. 아귀흑총(餓鬼黑塚)이 좋겠군."

그러며 패존은 위수한을 이끌고 어딘가로 걸어갔다.

그곳은 더러운 것들의 고향이었다.

음흉하고 사악하며, 괴상하며 흉측한 것들의 낙원이었다.

빛을 향한 어둠의 도전이며, 야망의 부산물이었다.

어린 위수한의 눈에는 그렇게만 보였다.

위수한은 그건 열두 해라는 적은 나이에 어울리지 않게 수많은 참상을 보고 겪었기에, 이제는 세상에 놀랄 일이 없을 것이라고 여겼다.

하지만 세상은 이처럼 어둡고 무섭다.

위수한은 충격으로 몸이 굳고, 공포로 얼어붙었다.

움직일 수가 없었다.

그런 위수한의 반응이 즐겁다며 패존은 웃어댔다.

"하하하하하핫! 어떠냐? 이곳이 바로 아귀흑총이다. 아름답지 않느냐?"

어째서 저것이 아름답다는 걸까?

위수한은 패존의 열의어린 눈동자가 향한 곳으로 다시 시선을 돌렸다.

그건 거대한 웅덩이였다.

그 안에는 정체를 알 수 없는 짐승과 괴물이 가득 채워져 있었다.

그것들은 서로를 뜯어먹거나, 괴롭히며 울부짖었다.

웃으며 울었다. 울며 웃었다.

고통과 기쁨을 동시에 느끼고 있는 듯했다.

미쳤기 때문이리라.

고통과 기쁨을 구분하지 못할 정도로 자아가 무너져 버렸기 때문일 것이다.

저게 대체 뭘까?

대체 무슨 짐승일까?

'설마?'

위수한이 경악으로 물든 눈동자를 패존에게로 돌렸다.

그의 눈길을 느낀 패존이 살짝 고개를 끄덕였다.

"맞아, 사람이지."

위수한이 떨리는 목소리로 말했다.

"저, 저것들이 사람이라고요?"

"정확히 말하면 사람이었지. 지금은 사람이라고 하기엔 좀 그렇지?"

그러며 패존은 장난스럽게 어깨를 으쓱했다.

위수한은 헛구역질을 했다.

서로를 뜯어먹으며 기뻐 날뛰는 저것들이 사람이었다니!

대체 패존은 무슨 짓을 하고 있는 거지?

패존이 말했다.

"불쌍한 녀석들이야. 하나같이 우리 집마맹에 의해 모

189

든 것을 잃고, 괴로워하던 놈들이지. 복수를 꿈꾸지도 못하고, 그렇다고 죽지도 못하던, 아주아주 불쌍한 녀석들이야. 그렇기에 난 저 녀석들에게 두 가지 중 하나를 선택하라고 했어. 죽을 건가? 아니면, 집마맹에 복수를 할 건가? 저 모습은 그 선택의 결과이지."

위수한이 물었다.

"어떤 선택을 했기에 저렇게 된 겁니까?"

패존이 피식 웃었다.

"아무것도. 죽지도 못하겠고, 복수도 못하겠다더군. 그러니 저렇게 죽지도 못하고, 살아있는 것도 아닌, 괴물이 되었지. 그런 쓰레기들을 저만큼 훌륭하게 만들기 위해서 내가 얼마나 고생을 했는지, 다 말해주면 눈물이 날 거야."

"저 괴물들을 무엇에 쓰시려는 겁니까?"

패존이 그 질문을 기다렸다는 듯 뜨거운 목소리로 한 마디를 뱉었다.

"병사."

"병사요?"

"그래. 병사. 나를 집마맹의 맹주로 만들어줄 병사. 오직 나의 명령만을 따르는, 나만의 병사."

그때였다.

지옥아귀 중 한 마리가 웅덩이를 기어 나와, 패존을 향해 달려 들었다.

그 순간 패존이 눈살을 찌푸렸다. 그리고 가볍게 손을 저었다.

퍼어어엉!

날아오던 지옥아귀는 그대로 터져버려, 핏물과 살점, 그리고 뼛조각으로 나뉘어 흩어졌다.

패존이 짧은 한숨을 내쉬었다.

"흐음. 하지만 아직 불안정해. 약하기도 하고. 몇 년은 더 고생해야겠지?"

그러며 몸을 돌렸다.

"자, 그럼 이제 진짜 구경거리를 보여주지."

진짜 구경거리?

위수한의 마음을 짐작했는지, 패존이 말했다.

"내가 모은 백궁(白宮)의 마귀(魔鬼)들을 보여주지."

그러며 패존은 성큼성큼 걸음을 옮겼다.

'백궁마귀(白宮魔鬼)?'

위수한은 그의 뒤를 따라 걸으며 생각했다.

보고 싶지 않다고……

✝

가끔 생각하고는 하지.

191

그날, 내가 그들을 만나지 못했다면 어떻게 되었을까?

뭐, 어떻게든 되었겠지?

하지만 하나는 확실해.

난 협왕 위수한이 되지 못했을 거야.

†

패존이 안내한 곳으로 가는 도중 위수한은 많은 것을 볼 수 있었다.

세상의 금은보화를 모두 모아놓은 듯한 창고가 있었고, 몸에 좋다는 약재는 다 있겠다 싶은 곳도 있는가 하면, 신병이기가 가득한 병기고도 있었다.

이렇게 많은 재화가 한 곳에 모여 있다는 것만으로도 놀라웠다.

하지만 패존에게는 창피한 일인가 보다.

그는 변명하듯 말했다.

"금은보화와 물자는 돌고 돌아야 마땅하지. 진정한 부자는 쌓아두는 게 아니라, 재화가 도는 흐름을 장악하는 거다. 하지만 난 그럴 수가 없었어. 맹주와 마존들의 눈을 피해야 했으니까. 그렇기에 고작 이렇게 쌓아두고 숨겨야 했지. 이 곳에 모은 것들은 모두 다 소진될 것이야. 그 대가로 난 집마맹의 맹주가 되어 있겠지. 하지만 거기가 끝이 아니야."

정면을 향한 패존의 눈매가 얇아졌다.

"집마맹주가 된다는 게, 집마맹을 다스릴 수 있다는 뜻
은 아니니까. 오히려 다음 대의 집마맹주를 위한 징검다리
에 불과할 수도 있어. 그럴 수는 없겠지? 나의 힘이 되어줄
사람이 필요해. 나의 손발이 되어, 나의 세상을 통제할 부
하들이. 그게 백궁이다."

패존의 보폭이 넓어졌다.

서둘러 백궁에 가고 싶은 모양이었다.

때문에 위수한은 그의 뒤를 따르기가 버거웠고, 걸음이
아닌 뜀박질로 쫓아야만 했다.

그런데 어느 순간부터, 주변이 하얗게 변해 있었다.

하늘과 땅, 동서남북 모든 곳이 온통 하얗기만 했다.

이곳이 백궁인가 보다.

위수한은 오직 패존의 등만을 쫓아 달렸다.

그를 놓친다면 이 하얀 공간에 갇혀 버릴 것이라는 두려
움 때문이었다.

어느 순간 패존의 걸음이 멈췄고, 위수한은 그의 옆에
설 수 있었다.

"하아, 하아, 하아, 하아."

거친 숨을 뱉은 위수한을 향해 패존이 말했다.

"보거라. 저들이 바로 백궁의 마귀들이다."

천마
재생

위수한은 숨을 삼키고, 패존의 시선이 향한 곳으로 고개를 돌렸다.

공중에 일곱 명의 사람이 걸려 있었다.

여섯은 사내였고, 한 명은 여인이었다.

모두가 실오라기 하나 걸치지 않은, 알몸이었다.

하지만 추하다기 보다 아름다웠다.

절로 감탄성이 흘러나왔다.

사내들과 여인의 몸은 이름난 조각가가 평생을 기울여 깎아 만든 조각상보다도 저만큼 아름답지는 않을 것이라는 느낌이 들 정도였다.

특히 여인은 그린 것처럼 아름다워서, 위수한은 순간 심장을 멎는 듯한 기분을 느꼈다.

'정말 조각상이 아닐까?'

그런 생각을 하고 있던 위수한의 귀에 여인의 목소리가 흘러들었다.

"안녕, 꼬맹이?"

그린 것처럼 아름다운 여인이 눈을 찡긋하고 있었다.

순간 위수한의 얼굴이 새빨갛게 물들었다.

여인이 말했다.

"오랜 만이네요, 오라버니. 그 꼬맹이는 누군가요? 아들?"

패존이 피식 웃었다.

"아들이라면 죽였지."

여인이 배시시 웃었다.

"그랬겠네요. 소개 좀 시켜줄래요?"

패존이 알았다는 듯 말했다.

"저 여인은 십면사괴(十面邪怪). 사도제일인인 만악제의 정부이자, 제자이지."

"지금은 당신의 애인이고요."

"그랬다면 죽였겠지."

패존의 시선이 그녀에게서 떠나, 사내들을 향했다.

"그리고 이 다섯 녀석들은 몰락한 중원마도의 후계자들이라고 해야 하나? 이 녀석들을 수집하느라 참 고생했지. 물론 저 녀석만큼은 아니지만."

패존의 시선이 가장 왼쪽에 있는 사내에게 꽂혔다.

다음 순간, 패존의 손에서 강기가 맺히더니, 사내의 심장부위를 강타했다.

콰아아앙!

사내의 심장부위가 둥글게 뚫렸다.

위수한은 깜짝 놀라 패존을 돌아보았다.

왜 갑자기 저 사내를 죽인 걸까?

다음 순간, 패존이 부드러운 미소를 그리며 입을 열었다.

"이제 잠 좀 깼나?"

천마재생

"항상 좀 과격해."

위수한은 깜짝 놀라, 뒤로 고개를 돌렸다.

심장에 구멍이 난 사내가 말을 하고 있었다.

대체 어떻게 이런 일이?

위수한은 눈동자를 내려 사내의 심장부위를 바라보았다. 살이 늘어나고 부풀며 빠르게 아물어 들고 있었다.

"괴, 괴물?"

패존이 고개를 저었다.

"그건 저 녀석의 이름이 아니야. 소개해주지. 녀석의 이름은 장후, 흑검독랑이라고도 불린단다."

사내가 웃는 낯으로 말했다.

"반갑구나, 꼬마야."

흑검독랑 장후!

고작 열두 살 밖에 되지 않는 위수한이 그 이름을 듣고 눈이 휘둥그레질 만큼 알려진 이름이다.

하지만 패존은 위수한이 낯설 것이라고 여겼는지, 이렇게 말을 꺼냈다.

"집마십적이라고 들어봤느냐?"

위수한은 고개를 끄덕였다.

"네."

집마십적.

집마맹이 공적으로 정한 열 명의 적.

이 집마맹의 세상에 가장 강하고 위험한 열 명의 고수!

"이 친구가 바로 집마십적 중 서열 십위인 흑검독랑이야. 유명인이지."

위수한은 벽에 걸려있는 사내를 바라보며 중얼거렸다.

"흑검독랑 장후."

'이렇게 생겼구나.'

생각보다 젊었다.

이제 서른이나 되었을까 싶었다.

모르고 만났다면, 무인이라기보다 유생이라지 않을까 싶을 정도로 용모가 곱상했다.

하지만 눈빛만은 야밤에 먹잇감을 찾으러 나온 굶주린 호랑이보다 날카롭고 매서웠다.

그렇기 때문에 철창에 갇혀 있는 흉폭한 맹수를 구경하는 기분이었다.

장후가 말했다.

"그거 하나만 묻자. 나를 왜 집마십적에 포함시킨 거지? 말이 안 되잖아."

패존이 빙긋 웃었다.

"말이 안 될게 뭐지?"

장후가 턱 끝으로 위수한을 가리켰다.

"밖에 나가서 지나가는 사람을 붙잡고 물어보던가, 그게 귀찮으면 저 아이에게라도 물어봐. 말이 되는지."

패존이 위수한을 돌아보며 장난스레 물었다.

"한 번 물어보자. 말이 안 되는 것 같으냐?"

위수한은 그의 눈치를 살폈다.

패존이 빙긋 웃었다.

"생각하는 그대로 말하면 된다."

생각하는 대로 말하지 않으면 죽이겠다는 소리로 들리는 건 기분탓일까?

위수한이 말했다.

"제가 들은 대로라면 집마십적은 정파의 삼태천, 사파의 만악제, 중원마도의 사륜겁공(四輪劫公), 그리고 사마외도의 천외비검(天外秘劍), 그리고 여기 계신 저 흑검독랑 장후이시라 알고 있습니다."

패존은 고개를 끄덕였다.

"맞다."

위수한이 말했다.

"또 제가 들은 대로라면, 저 분만을 제외한 아홉 분은 집마맹 이전부터 강호무림의 최강자의 자리를 두고 각축을 벌이던 거물이었다고 알고 있습니다."

패존은 이번에도 고개를 끄덕였다.

"그렇지. 그래서 네 생각은 어떠냐는 거다."

위수한이 어색한 미소를 그리며 말했다.

"저 분이 낭인제일검이라고 불리던 무패의 승부사임을 들어 알고 있지만, 다른 아홉 분과 같이 불리기에는 부족하다고 여깁니다."

패존이 씨익 웃었다.

"그런가?"

흑검독랑 장후가 말했다.

"들었지? 그러니 난 빼줘."

패존이 그의 말을 무시하며, 위수한이 들으라는 듯 말했다.

"난 오히려 그 반대라고 여긴단다. 다른 아홉이 저 친구와 함께 엮이는 걸 영광이어야 하지."

장후가 피식 웃었다.

"저 친구가, 날 말하는 건 아니지?"

패존은 여전히 듣지 못한 척하며, 위수한에게 설명했다.

"집마맹이 왜 열 명을 공적으로 선정하여 세상에 선포했을까? 그들이 위험해서? 어떻게든 그들을 찾아내 죽이기 위해서? 아니지. 아니야. 그 반대야. 그들을 살리기 위해서야."

위수한은 알아들을 수가 없어 눈만 껌뻑였다.

집마십적을 선포한 이유가 그들을 살리기 위해서라니.

그게 말이 되나?

천마재생

패존은 그가 알아듣든 말든 상관이 없다는 듯 계속 말을 이어갔다.

"집마맹에게 적은 없다. 삼태천? 사륜겁공? 만악제? 천외비검? 가소롭기만 하지. 놈들은 적이 아니야. 놈들도 잘 알지. 집마맹의 세상을 뒤집을 수 없다는 것을. 그렇기에 놈들은 숨지. 잘 숨지도 못해. 다 걸려. 당장 애들을 부리면, 그 중 반은 뽑아낼 수 있을 거야. 그 꼬락서니를 보는 것도 참 우스워. 그런데 왜 우리 집마맹은 굳이 놈들을 집마십적 어쩌고 해서 놈들이 대단히 위험한 녀석들이라고 얘기할까?"

패존이 장후 쪽으로 시선을 돌리며 말했다.

"적이 필요하기 때문이야."

위수한이 자신도 모르게 물었다.

"적이 필요하다고요?"

패존은 고개를 끄덕였다.

"그래. 적. 우리 집마맹에게는 적이 필요해. 이런저런 적이 있다. 그렇기에 우리는 멈춰서는 안 된다. 놈들이 세력을 모아서 일어나면, 우리 집마맹도 위태롭다. 그런 인식을 심어줄 필요가 있어. 그래야만 우리의 세상이 유지될 수 있거든. 적이 없어지면 할 게 없어. 세상은 넓지만 좁기도 하거든. 우리는 이 좁은 세상을 두고 우리끼리 싸움을 벌일 거야. 우리끼리의 싸움은 집마맹이 세상을 차지하기 위해 벌였던 전쟁보다 더럽고, 치졸하고, 사나울 거야. 왜? 우리는 우리 서로를 너무 잘 아니까. 그걸 그 아홉 쥐 새끼는 잘 알지. 그래서 그렇게 꽁꽁 숨어 있는 거야. 우리가 내분을 일으킬 날을 기다리는 거지. 지금 아홉 쥐새끼는 그런 싸움을 하고 있고, 우리 집마맹이란 고양이는 그런 장난을 치고 있지. 그런데 이 녀석만은 달라."

패존은 명공이 만들어낸 뛰어난 작품을 본다는 듯이, 열기어린 눈으로 장후를 바라보았다.

"이 녀석은 정말 적이야. 그냥 적이지. 이 녀석은 지금의 집마맹을 무너트리려고 하고 있어. 그리고 무너트릴 수 있다고 믿지. 이런 놈이 있을까? 아이야. 넌 어떻게 생각하냐? 넌 집마맹이 누군가에 의해 무너질 수 있다고 믿느냐?"

위수한은 바로 고개를 저었다.

"아니요. 그런 일은 있을 수 없습니다."

집마맹이 무너진다니.

진심으로 위수한은 그런 일은 있을 수 없다고 생각했다.

현세에, 아니 고금최강이라고까지 불리는 무림단체가 바로 집마맹이다.

듣기로 이 나라의 황제조차도 집마맹의 뜻에 거슬리면 당장에 양위를 해야 한다고 했다.

이 나라는 이미 집마맹의 것이었다.

현 시대는 집마맹의 세상이 아니다.

집마맹이 바로 세상이다.

그러니 집마맹이 무너진다는 건, 세상이 무너진다는 것과 다름없었다.

그건 이제 열두 살 밖에 되지 않은 위수한도 알고 있는 현실이었다.

패존이 환하게 웃었다.

"그렇지? 그런데 이 놈만은 그리 믿는다. 집마맹이 무너질 수 있다고."

장후가 웃는 낯으로 말했다.

"말은 정확히 해야지. 그렇지 않아. 단, 무너트릴 수 있다고 여기긴 하지. 바로 내가."

위수한의 눈이 커졌다.

'이 사람? 진짜야?'

패존이 말했다.

"미친 거 같지? 몽상가 같기도 하고. 나도 처음엔 제대로 미친 놈이라고 여겼지. 하지만 이 녀석이 한 짓을 알면 그저 미친놈이라고 여길 수가 없어. 이 놈은 그동안 다른 아홉 쥐새끼가 합한 것보다 더 많은 피해를 집마맹에게 안겨주었으니까. 사실 처음 이 놈을 집마십적에 지정했던 건, 반쯤 맹주의 장난이었어. 재롱질이 귀여워서 해주는 보상이랄까? 이 놈만큼 활발히 움직이는 녀석이 없었거든. 그래서 더 해보라고 집마십적에 넣어준 거지. 그러면 다른 놈들을 끌어내기에 괜찮은 미끼 역할을 해줄 거라고 여겼고. 하지만 지금은 아니야. 이 놈만 적이야. 오직 이 놈만이 우리 집마맹을 위협하는 적이라는 거야. 최근 맹주께서도 직접 언급하셨지. 이 놈, 흑검독랑 장후만은 어떻게 해서든 죽이라고. 무려 맹주께서 언급하셨다고. 정말 대단하지 않아?"

장후가 말했다.

"낯 뜨겁게 왜 이래? 그래봤자, 결국 이렇게 당신에게 잡혀 있잖아."

패존이 갸웃거렸다.

"정말 내게 잡혀있는 건 맞아? 정반대로 내가 너에게 잡혀있는 건 아닐까 하는 생각도 들곤 하단 말이야."

장후가 피식 웃었다.

"그럼 잡혀줘 보던가. 내가 내 손에 잡힌 집마맹 놈을 어떻게 취급하는지 확실히 알려줄 테니까."

"내게 잡혀있는 게 맞네. 자, 시작해보자. 오늘로 우리의 만남은 끝이야."

장후의 눈이 커졌다.

"왜 그래, 무섭게?"

"정말 무섭긴 해? 그랬으면 좋겠다."

그렇게 말하며, 패존은 소매에서 뭔가를 꺼냈다.

천마재생

붉은 빛이 감도는 이십여 개의 비수였다.

장후가 물었다.

"그걸로 뭘 하려고?"

패존이 듣지 못한 척하며, 비수를 하나씩 공중에 띄웠다.

"운명일 거다. 반년 전, 숭마림에서 너를 만난 건. 아니지. 내 손으로 심장을 부숴 죽여 버린 너를, 굳이 미심쩍다며 다시 확인하기 위해 되돌아왔던 것이 운명이겠지. 시조의 유물을 얻어 되살아나고 있던 너를 발견했던 것이야 말로 운명일 거야."

패존의 눈빛과 목소리가 점점 더 뜨거워졌다.

"너는 내게 운명이었던 거다. 그럴 수밖에 없어. 그게 아니면 이해가 안 되거든. 이곳에 너를 가두어 놓고, 너를 되살린 것이 무엇인지를 밝혀낸 순간, 난 정말 미칠 것만 같았어. 정말 시조의 유진이 남아있었다니. 그게 내 손에 떨어지다니! 운명이다. 너는 나를 이 세상에 지배자로 만들 운명이야!"

장후가 힘없이 고개를 늘어트렸다.

"결국 네 안에 깃든 이 힘을 빼낼 방법을 찾은 거냐?"

"찾았지. 이 수라마비. 시조가 남긴 또 하나의 유물인 이 수라마비라면 너에게 깃든 수라의 권능을 빼낼 수 있어."

"수라의 권능이라. 그게 뭐지?"

패존이 외치듯 말했다.

"여섯 개의 팔과 세 개의 눈. 하늘을 부수는 마신의 힘! 고금제일마공, 아수라파천마공이지!"

장후가 독백하듯 말했다.

"그런가? 그저 불사의 신체를 얻은 게 아니었나?"

패존이 코웃음 쳤다.

"그건 그저 부산물에 불과해. 네 안에 깃든 힘은, 그 모든 힘을 끌어낸다면, 못할 게 없지."

"집마맹을 무너트리는 것도?"

장후가 묻는 말에 패존은 고개를 갸웃거렸다.

"글쎄. 가능하지 않을까? 굳이 그러지는 않겠지만."

장후가 고개를 주억거렸다.

"그렇군. 역시 그랬어."

패존이 씩 웃었다.

"흑총아귀와 너에게서 얻을 아수라파천마공. 그리고 앞으로 백궁마귀가 될 이 여섯 녀석이면, 집마맹의 맹주가 되기에 충분할 거야. 내가 집마맹주가 되면 너의 무덤 앞에 기념비를 세우마. 세상에서 가장 크고 높게."

위이이이이이잉.

공중에 떠올라 있던 이십 여개의 붉은 비수, 수라마비가 천천히 장후를 향해 다가갔다.

패존이 쓸쓸한 표정을 지었다.

"보고 싶을 거야, 친구."

장후가 고개를 축 늘어트렸다.

"내가 조언 한 마디 해줄까?"

패존이 휙 고개를 돌려 위수한을 향해 말했다.

"이것 좀 보라고. 정말 좋은 친구 아니냐? 유언이 아니라 조언을 해준다잖아. 하하하하하하핫! 좋아, 뭔데? 내가 뼛속 깊이 새기지."

장후가 짜증난다는 투로 속삭였다.

"넌 말이 너무 많아."

휘익.

장후를 향했던 이십여 개의 수라마비가 반대로 돌아가 칼날을 패존 쪽으로 향했다.

그 순간 패존의 얼굴이 딱딱하게 굳었다. 동시에 그의 전신에서 뭉게구름처럼 검은 마기가 솟구쳤다.

그러자 수라마비는 파르르 떨렸고, 반대로 돌아가려고 했다.

하지만 뭔가에 막힌 것처럼 되돌아와 패존 쪽으로 천천히 다가갔다.

패존이 인상을 구기며 짐승처럼 으르렁거렸다.

"어이, 친구. 이게 어떻게 된 거야?"

장후는 여전히 고개를 푹 숙인 채 속삭였다.

"너는 나를 잡은 게 운명이라고 했지? 운명 맞아. 단, 네가 나를 잡은 게 아니라, 내가 너에게 잡힌 것뿐이지."

공중에 매달려 있던 장후가 뚝 떨어졌다.

바닥을 딛고 선 장후의 입매가 길게 늘어졌다.

"내가 얻은 힘이 무엇인지, 알 방법이 없었거든. 알아낼 시간도 없고. 너라면 잘 알려줄 거라고 믿었지. 그래서 네게 잡혀준 거야. 하지만, 좀 짜증은 나더군. 넌 정말 너무 말이 많아."

패존이 주춤주춤 물러섰다.

"어, 어이. 친구. 화났다면 사과하지. 화 풀어. 그리고 이게 어떻게 된 건지 우선 설명 좀 해주면 안 될까?"

"수라의 권능? 여섯 개의 팔과 세 개의 눈. 하늘을 부수는 힘이라고 했지?"

바닥을 향했던 장후의 고개가 천천히 올라갔다.

"이걸 말하는 거지?"

위이이이잉.

장후의 미간에 푸른빛이 어리더니, 눈동자의 형태를 이루었다.

그 광경을 보는 순간, 패존은 신음처럼 속삭였다.

"수라마안……."

장후가 이를 드러내고 웃었다.

"이거 맞네."

천마재생

푸른 눈동자가 터질 것처럼 꿈틀거렸고, 다음 순간 패존
을 향해 푸른빛의 기둥을 뿜었다.

第七十七章.

저를 살려주시면……

天魔再生

第七十七章.
저를 살려주시면……

콰아아아아아아!

장후의 미간 부위에 형성된 푸른빛의 눈동자에서 거대한 빛의 기둥을 튀어 나온다.

위수한은 넋이 빠진 듯한 표정으로 패존을 향해 날아가는 빛의 기둥을 바라만 보았다.

콰아아아아아아아앙!

빛의 기둥이 닿는 순간 패존을 둘러싼 검은 기운이 산산이 흩어졌다.

동시에 패존은 핏물을 뿜으려 뒤로 날아갔다.

푸른빛의 기둥은 목적을 마쳤다는 듯 씻은 듯이 사라졌고, 정적만이 맴돌았다.

천
마
재
생

위수한은 꿈을 꾼 건만 같았다.

패존이 피를 흘려?

상처를 입었다고?

그래, 꿈인 거다.

패존이란 사람은 위수한이 살아오며 본 그 어떤 무인보다 강했다. 그리고 위수한이 살아오며 본 무인을 모두 합한 것보다 잔혹하고, 악랄했다.

이 세상사람 모두가 덤벼들어도 어쩔 수 없을 절망같은 존재였다.

그랬기에 그의 시동이 되었던 순간, 위수한은 자신이 곧 죽을 것임을 받아들였다. 살기 위해 도망칠 생각조차 하지 않았다.

패존이라는 절망에게서 벗어날 수 있는 방법은 오직 죽음뿐이기에.

그런데 패존이 쓰러져 있다.

그건 위수한에게 더 없는 충격이었다. 이 지하공간으로 내려와 본 모든 것을 합해도 지금 이 순간 저 멀리 쓰러져 있는 패존의 모습만큼 놀랍지 않았다.

위수한은 인기척을 느끼며 몸을 굳혔다.

패존을 쓰러트린 존재, 흑검독랑 장후가 걸어오고 있었다.

장후는 눈동자만 살짝 움직여 위수한을 힐끗 본 후, 계속 발을 내딛어 패존을 향해 다가갔다.

그의 모습은 위수한에게 감동을 주었다.

어째서 그런지는 몰랐다. 그저 가슴이 뛰었다.

하지만 그의 심장은 다시 가라앉았다. 그리고 평소보다
더 느려졌다.

패존이 상체를 일으키고 있는 광경을 보았기 때문이었
다. 찢겨진 그의 의복 사이로 드러난 상처는 그리 깊지 않
았다.

위수한의 눈 꼬리가 아래로 내려왔다.

아! 역시, 변하는 건 없다.

패존은 자신을 향해 다가오는 장후를 바라보며 어이없
다는 듯 키득거렸다.

"거 참. 뒤통수 제대로 맞았네."

장후는 빙긋 웃었다.

"열 받나?"

"그 정도까지는 아니고. 대신 좀 당황하긴 했어."

그러며 패존은 벌떡 일어섰다. 그의 몸놀림은 가벼웠다.
부상의 정도가 그리 깊거나 크지 않다는 걸 알려주는 듯했
다.

하지만 장후의 미소는 오히려 짙어졌다.

"아프면 아픈 척해. 뭘 그렇게 센 척해. 애들처럼. 그 왼
팔 안 움직이잖아."

213

그러자 패존이 송곳니를 드러냈다.

"걱정 되나?"

장후가 고개를 끄덕였다.

"걱정 되지."

"고맙네. 걱정까지 해주시니."

"너 말고 나 말이야. 십대마존 중 패존이 화가 났으니까."

패존이 이를 으드득 갈며 속삭이듯 말했다.

"그래, 걱정해야지. 좀 많이 해야 할 거야."

그러며 장후를 향해 마주 다가갔다.

화르르르르.

그의 전신에서 검은 기운이 불꽃처럼 피어올랐다.

동시에 장후의 전신에서도 푸른 기운이 흘러나와 몸을 휘감았다.

장후가 말했다.

"오른 팔 만으로 괜찮겠어?"

패존이 피식 웃었다.

"너야 말로 팔이 고작 두 개여서 되겠어?"

"그런가?"

"그렇지."

콰앙!

패존은 폭풍우가 되어, 장후를 향해 휘몰아쳤다.

정말 폭풍우라고 할 수 밖에 없었다.

그의 오른팔은 수천수만 개의 빗살처럼 쏟아져 장후의 전신을 강타했으니까.

장후는 두 손을 분주하게 움직였지만, 패존의 공격을 받아내기에는 역부족이었다.

장후가 아무리 낭인제일검이었고, 수라의 권능이라는 신묘한 힘을 얻었다지만, 패존이라는 현 무림에서 열 손가락 안에 드는 절대고수의 상대가 될 수는 없었던 걸까?

콰아아앙!

어느 순간 장후가 바닥을 파헤치며 뒤로 날아갔다.

그의 전신은 피로 물들어 있었다.

패존이 그를 향해 다가가며 말했다.

"너는 기회를 놓쳤어. 수라마안으로 기습을 했을 때, 내 몸이 아닌 머리를 노렸어야 했어."

장후가 힘겹게 상체를 일으키며 중얼거리듯 대꾸했다.

"그랬다면 피했겠지."

"뭐, 그랬겠지. 어쨌든 결과는 달라지지 않았다는 거야. 궁금하군. 차라리 도망치지 그랬어?"

장후가 비틀비틀 일어나며 말했다.

"도망쳤잖아."

"뭐?"

"집마맹에게서 너에게로. 이곳이라면 집마맹에게서 숨기에 딱 적당한 장소 아니야?"

패존이 입을 길게 늘어트렸다.

"아! 도망쳐서 힘을 기를 장소가 필요했는데, 바로 여기였다? 집주인인 나는 제거하면 그 뿐이고? 그 정도로 날 병신으로 취급했을 줄은 몰랐네."

장후가 고개를 절레절레 흔들었다.

"병신취급이 아니라 높이 평가한 거지. 너와 난 동류거든. 현실에 불만이 많고, 그 불만을 참지 못하고, 참지 못하니 뒤집어엎으려 하고, 생각만 하는 게 아니라 준비도 할 거고. 역시나 였어. 이곳 너무 마음에 들어. 잘 쓸게."

패존이 피식 웃었다.

"미안하지만 됐어. 넌 곧 지옥으로 쫓겨날 거야."

장후가 덩달아 피식 웃었다.

"날 죽이겠다? 마음에도 없는 소리 말고. 넌 날 못 죽여. 내 몸에서 아수라파천마공을 빼내기 전까지는."

패존의 눈매가 꿈틀거렸다.

"죽인 다음 빼내면 돼."

"내 조언 잊었어? 넌 말이 너무 많아. 저 저번에 네가 했던 말 기억 안나나? 죽이고 나서 빼낼 방법은 없다고 한 거?"

"내가 그랬나?"

"그랬지."

패존이 한숨을 길게 내쉬었다.

"인정하지. 난 너무 말이 많았군."

그 사이 일어난 장후가 달려들 자세를 취하며, 말했다.

"넌 날 죽이지 못하지만, 난 널 죽일 수 있지. 이 차이는 두세 수 정도의 격차는 메울 만한 무기이지."

패존이 코웃음 쳤다.

"너와 나의 수준이 고작 두세 수 정도 밖에 차이가 나지 않는다고 여긴 거야? 역시 날 병신취급했어."

"아니라니까 그러네."

휘이이익.

장후가 패존을 향해 달려들었다.

기다렸다는 듯 패존은 오른 팔을 주먹 쥐어 마주 뻗었다.

콰아아앙!

장후의 두 팔은 바로 패존의 오른 팔에 튕겨 올랐고, 패존은 몸을 숙여 어깨로 장후의 가슴을 강타했다.

장후의 입이 쩍 벌어지며 핏물을 뿜었다. 하지만 장후는 튕겨나가지 않고, 손을 뻗어 패존의 몸을 얼싸안으려 했다.

패존은 그 또한 예상했는지, 휙 몸을 돌려 피하더니, 오른 주먹으로 장후의 왼쪽 옆구리를 강타했다.

천마
재생

그 순간 장후의 미간에 수라마안이 일어나더니, 빛의 기둥을 뿜었다.

패존은 이 공격 또한 읽었다는 듯 몸을 낮춰 피했다.

그때였다.

등 뒤에서 뭔가가 쇄도한다.

패존은 깜짝 놀라 피하려 했지만, 이미 늦었다.

퍼어어억!

패존은 핏물을 토하며 위로 떠올랐다. 동시에 그의 머리 위로 가로지르고 있던 수라마안의 빛기둥이 아래로 내려갔다.

패존은 피하기 위해 왼쪽으로 몸을 틀었다. 하지만, 이 역시 조금 늦어버렸다.

서걱!

패존의 오른 팔과 오른 다리가 빛에 의해 잘려나갔다.

패존은 왼쪽으로 한참을 더 날아가고 나서야 바닥에 떨어졌다.

그는 고통을 삼키며, 핏발이 선 두 눈으로 자신의 등을 가격한 것이 무엇인지를 살폈다.

다섯 청년이 서 있었다.

장후와 함께 묶여 있던 이들이었다.

그들은 장후의 주변을 호위하듯 서며, 패존을 경계했다.

패존이 그들을 향해 외쳤다.

"오륜공자(五輪公子)! 너희가 감히!"

장후는 오륜공자라고 불린 다섯 청년 중 한 명에 기대어 일어나며 말했다.

"이 녀석들이 왜 네 손에 잡혔을까? 한 번 의심해본 적은 없나?"

패존이 뭔가 깨달았다는 듯 속삭였다.

"설마……?"

장후가 빙긋 웃으며 고개를 끄덕였다.

"맞았어. 너에게 잡힌 게 아니라, 내가 부른 거야. 여기를 우리가 차지하자고."

"사륜겁공의 제자들이 왜 너의 명령을?"

"고작 낭인 나부랭이였던 이 녀석들이 중원마도의 절대자인 사륜겁공의 제자가 될 수 있었던 이유가 뭐 때문인 것 같나?"

패존은 믿을 수 없다는 듯 고개를 내저었다.

"그럴 리가……."

장후는 자신을 부축해준 청년을 향해 괜찮다는 듯 손을 저은 후, 홀로 패존을 향해 걸음을 옮겼다.

"난 너를 병신취급 한 적이 없어. 병신을 만들려고 했었지. 이렇게 말이야."

패존은 다가오는 장후가 두렵다는 듯 왼팔로 바닥을 밀며 뒤로 물러났다. 하지만 바로 뭔가를 깨달았는지, 멈추

219

더니 고개를 축 늘어트리고 큭큭 거렸다.

그 사이 패존의 앞에 이른 장후가 무릎을 굽혀 앉았다.

패존이 속삭이듯 말했다.

"너, 정말 집마맹을 없앨 거냐?"

장후는 고개를 끄덕였다.

패존이 휙 고개를 들어올렸다. 그리고 부리부리한 눈으로 장후를 노려보았다.

"정말이지?"

장후는 다시 고개를 끄덕였다.

그러자 패존이 시원한 미소를 그렸다.

"좋아. 믿고 죽어주마."

장후가 오른 손의 손날을 세웠다. 그리고 패존의 목을 향해 빠르게 휘둘렀다.

툭.

패존의 목이 칼에 잘린 듯이 반듯하게 잘려 떨어져 내렸다.

장후는 물끄러미 패존의 목을 바라보다가, 어느 순간 속삭였다.

"고맙다. 네가 모아둔 것들, 잘 쓰마."

그러며 몸을 일으켜 세웠다.

그 사이 오륜공자는 그의 곁으로 다가와 있었다.

"형님, 고생하셨습니다."

"형님, 괜찮으시지요?"

장후는 대꾸하는 대신 그들의 어깨를 가볍게 두들기거나 머리를 쓰다듬었다.

그의 시선이 오륜공자의 얼굴을 스쳐 지난 후, 멀리 떨어져 있는 위수한에게 머물렀다.

위수한은 겁먹은 생쥐처럼 바들바들 떨며 가만히 서 있었다.

장후는 바로 시선을 돌려 아직 공중에 매달려 있는 여인, 십면사괴를 향했다.

십면사괴는 그와 눈이 마주치자 막 피어난 꽃처럼 방긋 웃었다.

"축하해요, 대협."

장후는 한 마디를 툭 뱉었다.

"어쩔래?"

"뭘 어째요?"

장후가 팔짱을 끼었다.

"죽을래?"

그러자 십면사괴의 미소가 그대로 굳었다. 그러더니, 입을 크게 벌리며 굵은 목소리를 냈다.

"역시 날 병신취급했어."

패존의 목소리와 똑같았다.

십면사괴가 다시 방긋 웃으며 본래의 목소리로 말했다.

221

"외모는 봉인된 내공을 풀어주셔야 가능한 거 알죠?"

순간 남장후의 미간에서 푸른빛이 번쩍였다.

툭!

십면사괴가 떨어져 내려 바닥에 안착했다.

장후가 말했다.

"좋아. 삼십일이야. 삼십일 들키기 않으면 돼."

십면사괴는 팔목이 아픈지, 쓰다듬으며 대꾸했다.

"삼십일이라. 너무 어렵네요. 목숨을 걸어야겠죠? 그럼 그 대가로 제가 얻을 게 뭔가 있어야하지 않을까요?"

장후는 턱 끝으로 패존의 목을 가리켰다.

"저거 가져가. 네 애인이 좋아할 거야."

"어마? 제게 애인이 어디 있다고요. 뭐, 사부님께서 좋아하시긴 하겠네요. 그리고요?"

장후가 눈을 얇게 좁혔다.

그러자, 십면사괴가 팔을 모으며 몸을 꼬았다.

"왜 그래요? 떨리게."

남자라면 누구라도 볼을 붉힐만한 색정적인 자태였다.

하지만 장후와 오륜공자는 가소롭다는 듯이 비웃기만 할 뿐이었다.

십면사괴는 안 통한다 싶은지 이번에는 귀여운 표정을 지으며 투덜거렸다.

"이 거래는 공정치 못하다고요. 만약 제가 패존으로 변

222
8

장하지 않으면, 사흘을 못가 들키고 말 걸요?"

장후가 고개를 돌려, 오륜공자 중 한 명을 바라보았다.

그러자 장후의 시선이 닿은 청년이 입을 열었다.

"미안하지만 됐어. 넌 곧 지옥으로 쫓겨날 거야."

패존의 목소리와 똑같았다.

스으으윽.

청년의 얼굴이 꿈틀거리더니, 이목구비의 위치가 바뀌어 갔다.

그리고 패존의 용모과 똑같이 변하고 나서야 멈췄다.

그의 변화를 본 십면사괴의 표정이 딱딱하게 굳었다.

장후가 그녀를 향해 귀찮다는 듯이 한 마디를 툭 뱉었다.

"죽을래?"

십면사괴가 언제 그랬냐는 듯 방긋 웃으며 말했다.

"삼십일이죠? 걱정 말아요."

장후의 시선이 움직여, 정물처럼 제자리에 서 있는 위수한에게서 멈췄다.

위수한은 파르르 떨며 장후를 마주 보았다.

장후의 입이 벌어졌다.

"넌, 어쩔래?"

위수한은 아무 말도 하지 못했다.

천마재생

'어쩔 거냐고?'

뭘 어쩌라는 건가?

내가 뭘 어쩔 수 있다는 건가?

어리지만, 삭막하고 혹독한 세상의 현실을 어느 정도 알기에 자신의 처지를 짐작할 수 있었다.

'죽겠지.'

그리고 그 사실을 아는 사람은 동료로 만들거나, 죽이겠지.

십면사괴는 동료로 삼았지만, 자신을 그럴 이유는 없었다.

고작 열두 살 꼬맹이가 할 수 있는 게 뭐가 있을까?

거치적거리기만 할 거다.

위수한은 장후가 자신을 향해 다가오는 광경을 볼 수 있었다.

죽음이 오고 있다.

'죽는구나.'

무서웠다.

하지만 위수한은 도망치려 하지는 않았다. 그저 멍하니 다가오는 장후를 바라보고만 있었다.

이 지하공간으로 왔을 때부터 위수한은 자신이 죽을 것임을 체감하고 있었기 때문이었다.

패존은 자신의 가장 큰 비밀이랄 수 있는 이곳을 위수한에게 보여준다며 데리고 들어왔을 때엔 이미 죽이겠다는 마음을 품었을 터였다.

그러니 위수한으로서는 패존이 아닌 장후에게 죽는다고 해서 큰 차이는 없었다.

그 사이 장후는 위수한의 앞에 다가왔고, 천천히 무릎을 꿇었다.

위수한은 눈을 지그시 감았다. 그리고 이를 악 물었다.

최소한 고통스럽지 않게 죽여줬으면 좋겠다라고 생각하며…….

장후의 목소리가 들린다.

"아이야. 죽고 싶으냐?"

설마 살려주겠다는 뜻인가?

위수한은 다시 눈을 떴다.

장후의 감정 없는 눈동자가 마주 닿는다.

그 눈동자를 마주하는 순간, 잠시 들었던 살 수 있다는 희망이 눈이 녹듯 허물어졌다.

이런 눈동자를 가진 사람이 동정이나, 자비로움을 가질 리가 없었다. 나는 목적을 위해서라면 수단과 방법을 구분하지 않는다고, 그러니 너는 이제 죽을 거라고, 장후의 눈동자는 속삭이고 있었다.

그런데 왜 물어보는 걸까?

위수한은 용기를 내어 물었다.

"어, 어쩌라는 말입니까? 당신께서는 절 죽이실 것 아닙니까?"

"죽이겠지."

"그런데 어쩌란 겁니까?"

"내가 죽이면 넌 죽느냐?"

"당신은 패존을 죽인 고수입니다."

장후가 코웃음 쳤다.

"내가 패존보다 강했기에 그를 죽일 수 있었던 것 같으냐?"

위수한은 가만히 장후를 바라보았다. 그러다 뭔가 짐작했다는 듯 조심스레 물었다.

"설마, 절 죽이기 싫으십니까?"

장후는 바로 알아맞혔다는 듯이 고개를 끄덕였다.

"싫지."

"왜요?"

"아이니까."

아이라서 죽이기가 싫다?

당연한 말이지만, 위수한에게는 낯설게 다가왔다.

위수한이 물었다.

"당신은 그러니까, 나를 죽이기 싫지만 죽일 수밖에 없으니까, 뭔가 죽여도 될 만한 이유를 원하는 겁니까? 그러니까, 뭐 제가 죽여도 될 만한 짓이라도 하라는 거죠? 당신

226 8

이 아이를 죽였다는 죄책감이 들지 않도록? 그런 거죠?"

장후가 고개를 끄덕였다.

"그렇지."

위수한이 자신도 모르게 불쑥 말했다.

"와! 진짜 나쁜 놈이네요."

그렇게 말하고 위수한은 깜짝 놀라 손을 들어 자신의 입을 막았다.

장후는 대수롭지 않다는 듯 씩 웃었다.

"그런가?"

갑자기 십면사괴가 다가와 말했다.

"꼬마야. 그 반대일 수도 있잖아. 너를 살려주어도 될 만한 이유가 있다면, 살려줄 수도 있다는 얘기니까."

"살려주어도 될 만한 이유? 그런 게 있나요?"

십면사괴가 어깨를 으쓱했다. 그러며 장후를 향해 말했다.

"없다잖아요. 죽이죠. 시간 아깝잖아요. 굳이 당신 손 지저분해지기 싫으면 제가 할까요?"

아름다운 용모와 예쁜 목소리와 어울리지 않게 악독한 심보였다. 그럼에도 위수한은 그녀가 매력 있다는 생각을 했다.

화려한 불꽃에 취해 제 몸이 타오르는 줄 알면서도 몸을 던지는 부나방의 심정을 알 것 같다는 생각이 들었다.

천마재생

위수한의 눈이 닿자, 십면사괴는 마치 환하게 웃었다.

"너도 이 아저씨보다는 이 예쁜 누나한테 죽었으면 좋겠지?"

위수한은 고개를 끄덕일 뻔했다.

그때였다.

"죽고 싶으냐?"

장후의 차가운 목소리에 위수한은 얼음처럼 굳었다.

위수한은 천천히 고개를 저었다.

"그럴 리가 없잖아요."

"그런데 왜 살려고 하지 않느냐?"

"살 수가 없으니까요."

"왜 살 수가 없지? 살려고 해봤느냐?"

"네?"

장후가 위수한의 머리를 움켜쥐더니, 자신의 얼굴에 가까이 가져다 댔다.

"죽음이 뭔지 알려줄까?"

장후의 목소리와 입김이 화인처럼 새겨진다.

위수한은 침을 꿀꺽 삼키며, 장후의 입이 다시 열리기를 기다렸다.

"죽음은 패배다."

장후가 바로 말을 이었다.

"그렇다고 산다는 게 승리라는 건 아니야. 산다는 건,

그저 전쟁일 뿐이지. 내게는 말이야. 너에게 삶은 어떻지?"

위수한은 고개를 저었다.

"저는……, 저는 몰라요."

"싸워본 적이 없기에 모르는 거야. 나와 싸워라. 날 이겨봐. 내게서 삶을 쟁취해봐라. 너를 살려줄 이유를 만들어내. 너의 첫 싸움을 벌여보라고."

견딜 수 없는 유혹이다.

위수한은 입을 벌렸다.

"저는, 살고 싶어요."

"약한 공격이다. 다시."

"저는, 저는, 패존의 시종입니다. 큰 도움을 될 수 없지만, 자잘한 부분을 많이 알아요."

"역시 약하다. 그 정도는 충분히 감안할 수 있어. 다시."

"저는, 저는……."

위수한은 문득 든 생각을 물었다.

"정말 집마맹을 없앨 수 있다고 믿으십니까?"

"믿는 게 아니라, 그렇게 할 거다."

"정말요? 어떻게요?"

"난 이기는 법을 잘 알아. 그게 내가 가장 잘 하는 일이지."

그러며 장후는 씩 웃었다. 하지만 바로 미소를 지우며
선언하듯 말했다.

"마지막 기회다. 널 살려줄 이유가 뭐냐?"

마지막이라.

위수한의 머리에 수많은 감정과 생각이 교차했다.

마지막이다.

이제부터 할 말이 나를 살리고 죽인다.

장후가 했던 얘기처럼 이건 싸움이다.

그것도 생사를 건 결전이다.

피할 수 없다.

피할 곳은 없다.

위수한의 입이 벌어졌다.

"저를 살려주시면……."

✝

"저를 살려주시면, 그 다음에 뭐요?"

재경이 다급히 물었다. 다른 후기지수들 역시 침을 꿀꺽
삼키며 위수한의 이야기가 이어지기를 기다렸다.

하지만 위수한은 감회에 젖은 얼굴로 멀리 시선을 두고
있을 뿐이었다.

당시, 열 두 살의 자신의 모습이 그곳에 보인다는 것

처럼…….

모두의 기다림 속에 시간이 흘러갔다.

위수한을 바라보는 후기지수들의 시선에는 기대를 넘어 초조함이 느껴졌다.

결국, 위수한의 입이 열렸다.

"그때 내가 뭐라고 말했을까?"

모르죠!

라고 후기지수들 모두가 외칠 뻔했다.

위수한이 말했다.

"기억이 나질 않아. 분명 내 인생에 첫 승리였는데, 무려 수라천마 장후를 상대로 이겼던 싸움인데, 이상하게도 그때 뭐라고 했는지 기억이 나질 않는 단 말이야. 왜일까?"

재경이 후기지수들 모두의 심정을 대변하여 말했다.

"장난치지 마시고, 말씀 좀 해주세요."

위수한이 손가락을 세워 자신의 얼굴을 가리켰다.

"이게 장난치는 얼굴 같으냐?"

위수한의 표정은 진지하기만 했다.

하지만 믿을 수 없었다. 위수한은 마음만 먹으면 측간에서 용변을 볼 때도 저런 진지한 얼굴을 할 수 있는 사람이니까.

위수한이 물었다.

천마재생

"내가 오히려 궁금해. 대체 내가 뭐라고 했을 것 같으냐?"

재경이 답답함과 아쉬움이 절반씩 섞인 표정으로 한숨처럼 속삭였다.

"모르죠."

위수한이 콧방귀를 뀌었다.

"그냥 모르면 안 되지. 너희가 그 상황이라면 어쨌을 것 같아? 어떤 답을 내려야, 수십 년 후에 제협회를 만들고, 협왕 위수한이라는 권력자가 되었을 것 같으냐? 그 날의 만남이 지금의 나를 만들었다. 그 날 내가 했던 말을 찾아보아라. 고민해봐. 그러면……."

후기지수들의 눈이 번쩍였다.

그러면 다음시대의 협왕 위수한이 될 수 있다는 건가?

위수한이 씩 웃었다.

"그러면 열흘 동안 그나마 심심하지 않을 거 아냐."

그러며 술병을 들어 입에 가져다 댔다.

후기지수들의 눈매가 꿈틀거렸다. 만약 눈앞의 사내가 협왕 위수한이 아니라면, 한 대 치고 싶다는 표정이었다.

술을 한 모금 마신 위수한은 남은 이야기를 이어갔다.

"그 길로 나는 패존으로 역용한 십면사괴와 함께 위로 올라왔지. 나는 시종으로써 십면사괴를 보조하기로 약속

했으니까. 십면사괴는 시종이었던 내가 보아도, 패존이 되
살아난 게 아닐까 의심이 들만큼 완벽했어. 약속한 삼십일
이 아니라, 수년이라고 해도 패존의 죽음을 숨길 수 있을
것 같았지. 하지만 그건 치기어린 생각이었던 거야. 집마
맹은 역시 집마맹이었어. 우리는 약속했던 삼십일을 버틸
수가 없었지. 딱 그 절반인 보름 만에 들키고 말았고, 바로
도망쳐야 했지. 허허헛. 웃긴 건 뭔 줄 알아? 수라천마 장
후는 거기까지 예상했었다는 거야. 이미 그 지하공간 속에
있던 걸 모두 털어서 사라져 버렸더만. 결국 난 십면사괴
를 따라 만악제에게 갔었고, 결국 그들의 생리에 적응하지
못하고 뛰쳐나와 마적이 되어 떠돌았지. 그리고 뭐 이리저
리 살다보니 이렇게 되었다네."

그러며 위수한은 술병을 재경에게로 휙 던졌다.

재경을 받아들고 한 모금을 축였다. 그리고 다시 돌려주
었다.

위수한은 술병을 받아들며 말했다.

"이 이야기의 요점이 뭔지 알아?"

재경이 물었다.

"뭡니까?"

"난 고작 열두 살에 수라천마 장후와 싸워서 이겼다는
거지."

듣던 하정천이 코웃음 쳤다.

천마
재생

"그게 무슨 싸움입니까? 애니까 그냥 살려준 거겠죠. 수라천마 장후는 기억도 못할 걸요."

위수한이 짧은 한숨을 내쉬었다.

"요즘 애들은 어른을 공경하는 법을 몰라요."

그러더니 주먹을 쥐더니 까딱거렸다. 백색의 빛살이 뿜어져 나와 하정천의 머리를 향해 날았다.

픽!

하정천이 머리를 감싸 쥐었다.

위수한은 씩 웃으며 술병을 입에 가져다 댔다.

"맞아. 그 양반, 분명 기억도 못하겠지. 내 이름조차 물어본 적이 없으니까. 하지만 난 그 날을 잊지 못해. 그 날의 그를 보며 협왕 위수한을 꿈꾸었지. 이기는 법을 아는 존재. 하지만 수라천마 장후와는 대치되는 존재. 정파의 구세주이며 협객의 왕. 하지만 아직 닿지 못했어. 그저 꿈일 뿐이야."

그러며 술병을 단숨에 비워버렸다.

위수한은 눈을 지그시 감더니, 몸을 눕혔다.

"좀 자야겠다. 나정도 위치쯤 되면 항상 잠이 부족해. 술도 얼큰히 취했겠다, 시간도 많겠다, 오늘 한 번 늘어지게 자봐야 겠다. 그러니까 저리들 가서 놀고 있어."

재경이 외치듯 말했다.

"정말 안 가르쳐 주실 겁니까?"

"난 이미 가르쳤다. 내가 깰 때까지, 너희는 너희만이 답을 찾아와. 거기서부터 시작하자."

그러더니 더는 질문을 받지 않겠다는 듯 입을 굳게 다물었다.

그의 주변에 앉아있던 후기지수들은 일어나 사방으로 흩어졌다.

홀로 남겨진 위수한의 입이 벌어진다.

"정말 그때 난 뭐라고 했을까?"

한 갑자라는 세월이 흘렀는데도 기억이 나질 않았다.

세월이 잊은 걸까?

아니면, 그 날의 자신을 잃어버린 걸까?

모르겠다.

하지만 여전히 궁금했다.

위수한의 눈매가 구겨졌다.

인기척이 느껴졌기 때문이었다.

"내가 분명 잔다고 하지……."

"죽을래?"

그 순간 위수한은 벌떡 몸을 일으켰다.

검은 그림자가 그의 앞에 서 있었다.

위수한은 웃는 낯으로 말했다.

"이런 누추한 곳까지 굳이 오시다니. 영광입니다요, 선배."

"제대로 하나 보러왔지."

"권황 선배가 너무 애들을 잡아서 좀 쉬라고……."

"죽을래?"

"살려주십시오. 헤헤헤헤헤."

"잘 해라."

위수한은 검은 그림자를 향해 크게 고개를 숙였다.

"넵!"

위이이이잉.

술병 하나가 둥실 떠올라, 검은 그림자 속으로 사라졌다.

다음 순간 술병이 검은 그림자 속에서 빠져나와 위수한에게로 안겼다.

술병은 반쯤 비워져 있었다.

마시라는 뜻임을 알기에 위수한은 바로 술병을 입에 가져다댔다.

그때였다.

"저를 살려주시면, 언젠가 제가 한 번 당신을 살려드리겠습니다. 약속할게요."

위수한의 몸이 굳었다.

눈동자만을 움직여 검은 그림자를 향했다.

검은 그림자의 얼굴, 입 부위에서 하얀 치아가 드러난다.

"넌 아직 약속을 지키지 못했다, 꼬맹아."

다음 순간 그림자는 사라져 버렸다.

위수한은 피식 웃으며 작게 속삭였다.

"역시 기억하고 있으셨군요."

그러며 뜨겁게 달아오른 심장을 식히려 술병을 비워 버렸다.

빈 술병을 내려놓고, 아무에게도 말하지 못한, 떠오를 때마다 외면해왔던, 수라천마 장후에게 자신이 붙인 호칭을 몰래 속삭여본다.

"사부⋯⋯."

第七十八章.

후회가 뭔지, 이제야 알겠네요

第七十八章.

후회가 뭔지, 이제야 알겠네요

　시간은 물처럼 흘러, 구일이 훌쩍 지나가 있었다.

　그 동안 후기지수들이 했던 일을 한 단어로 요약한다면,
놀았다, 라고 밖에 할 수 없었다.

　정말 놀았다.

　위수한이 후기지수들에게 가르친 것이라고는 여자에게
술을 먹이는 법이라던가, 여자랑 할 건 다하고 혼인만은
피하는 방법, 그리고 여러 여자를 동시에 만나는 방법이라
던가, 여자에게 차이는 방법 정도였다.

　위수한은 정말 온종일 여자얘기만 했다.

　후기지수들이 불만을 표시할 때면 위수한은 이렇게 대
꾸했다.

241

천마
재생

"너희 같은 애송이들과 나눌 만한 이야기가 여자얘기 빼고 뭐가 있겠어?"

후기지수들로서는 답답하기만 할 뿐이었다.

정말 위수한은 그저 시간만 때우다가 돌아갈 생각인 듯했다.

그렇기에 대부분의 후기지수들은 위수한에게 관심을 끊고 그저 이관에서 권황 철리패를 상대로 했던 대전 중에 얻었던 깨달음을 자신의 것을 만들기 위해 노력하는 한편, 곧 닥칠 사관의 훈련을 대비했다.

하지만 재경과 하정천, 하소인, 강위, 그리고 일결과 독고가가, 취아홍, 그렇게 일곱 사람은 한시도 위수한의 곁을 떠나지 않았다.

그들은 어느 순간부터 후기지수들 중에서도 가장 나은 성적을 보였고, 또 중심적인 역할을 해왔다.

그렇기에 다른 후기지수들은 위수한이 그들에게만은 뭔가를 가르쳐주고 있는 건 아닐까 하는 생각에 이따금 다가와 엿들었다.

하지만 역시나, 위수한의 입에서 나오는 이야기는 여전히 시시껄렁한 음담패설과 자신의 자랑 뿐이었다.

그리고 드디어 마지막 날이 되었다.

갑자기 위수한이 술병을 내려놓고 일어섰다.

"자. 나도 이제 뭐라도 하나 가르치는 시늉정도는 해야겠지?"

그의 표정은 지난 아흐레 날 동안 본 적 없을 정도로 엄숙했다.

진짜 뭔가를 가르쳐주려는가 싶기에, 후기지수들은 일제히 모여들었다.

그리고 초롱초롱 눈을 빛내며, 위수한을 바라보았다.

모두가 모인 후에야 위수한의 입이 벌어졌다.

"우리는 너희를 훈련시키기 위해 네 개의 관문을 만들었고, 각 관문마다 하나의 안배를 만들어 놓았지. 너희도 알고 있겠지?"

후기지수들은 일제히 고개를 끄덕였다.

야수와 정권.

야수라는 게 무엇이고 누구의 심득인지는 모르지만 재경이 이은 것으로 밝혀졌다. 반면 정권은 권황 철리패의 심득이라는 것을 모두가 알고 있지만, 누가 이은 것인지는 밝혀지지 않았다.

그리고 이 삼관의 교두인 위수한은 지금 자신의 심득은 전하려고 하는 듯했다.

대체 누가 잇게 될까?

후기지수들은 기대감이 가득한 얼굴을 하며 전수자가 자신이 되기를 바랐다.

위수한의 입이 벌어진다.

천마재생

"내가 너희에게 줄 건, 퇴보(退步)라는 것이다."

물러나는 걸음?

협왕 위수한이라는 고수의 심득이라기에는 좀 초라한 이름이다.

그렇다고 실망하지는 않았다.

권황 철리패의 심득 또한 정권이라는 식상하리만치 평범한 이름이었으니까.

위수한이 말했다.

"난 굳이 너희 중 하나를 골라 나의 퇴보를 전하고 싶은 마음이 없다. 그럴 정도로 도드라진 놈도 없고, 마음에 드는 놈도 없어. 솔직히 왜 내가 너희한테 내가 피와 살이 잘려 나가는 격전을 치르며 이루어낸 이 퇴보를 전해줘야 하는지도 모르겠다. 욕 나와. 젠장."

위수한은 화를 억누를 수 없는지 투덜거리기 시작했다.

"너희가 대체 뭔데? 너희 중 하나가 훗날 날 대신할 거라고? 웃기지마라. 나 같은 사람이 또 나올 수 있을 것 같아? 없어. 험난한 시대를 겪으며 드러난 미약한 틈새를 비집고 정상에 설 수 있었다. 밀어내면 거머리처럼 달라붙고 지렁이처럼 기어올라 지금의 위치에 올라섰단 말이다. 그게 나, 협왕 위수한이야. 내가 이루어낸 역사이지만 다시 하라고 하면 못해. 그런데 고작 너희 따위가 나처럼 될 수 있을 것 같아?"

후기지수들은 무시와 모욕을 당했다는 생각에 얼굴이 새빨갛게 물들었다. 하지만 틀린 소리는 아니었다.

협왕 위수한 같은 인물이 두 번 나올 수가 없다.

정파무림은 답답하리만치 고리타분하여, 아무리 능력이 뛰어나다 하더라도 명문출신이 아니면 위에 올라설 수가 없는 게 현실이다.

그런데 위수한은 해냈다.

고작 마적출신인 그가 정파무림의 수장이 된 거다.

그와 같은 입지전의 인물이 다시 나올 수는 없을 것이다.

후기지수들은 다시금 자신의 앞에 서 장난감을 빼앗긴 아이처럼 투덜거리는 위수한이 전설로 남을 인물임을 되새김질했다.

그러니 주변을 떠나는 후기지수는 없었다.

오직 위수한의 심득, 퇴보라는 것을 자신이 이을 수 있기만을 바랐다.

위수한이 한숨을 내쉬었다.

"에휴. 그래도 별 수 있나. 주라면 주어야지. 하여간 난 누구 한 명을 정해 전하지 않을 거야. 딱 한 번, 지금 보여주마. 얻을 놈은 얻고, 못 얻는 놈은 못 얻겠지. 보아라. 이게 바로 퇴보다."

위수한은 눈매를 날카롭게 고치고, 입을 다부지게 다물었다. 그리고 두 발의 간격을 넓히고 무릎을 살짝 굽혔다.

천마재생

후기지수들은 두 눈을 부릅떴다. 그러며 위수한의 단 한 동작도 놓치지 않겠다는 각오를 다졌다.

위수한이 천천히 오른 발을 바닥에서 떼어 내더니, 뒤로 빼고 내렸다.

"후우우우."

길게 숨을 내쉰다.

이제 시작하나보다.

후기지수들은 침을 꿀꺽 삼켰다.

위수한이 굽혔던 무릎을 펴고, 굳혔던 몸을 풀었다.

"봤지? 이게 퇴보다."

후기지수들은 그저 눈만 깜빡였다.

뭐가 퇴보라는 거지?

설마 저 볼품없는 뒷걸음질을 말하는 건가?

위수한은 피식 웃었다.

"그럴 줄 알았다. 보는 눈이 없는데, 뭘 볼 수 있겠어? 쯧쯧쯧. 하지만……."

위수한의 고개가 천천히 움직여 눈으로 재경과 하정천, 하소인, 강위, 일결, 그리고 독고가가와 취아홍을 훑었다.

그들 일곱 명은 큰 충격을 받았다는 듯, 눈코입을 크게 벌린 채 굳어 있었다.

그들의 표정을 확인하자 위수한의 미소가 부드럽게 변

했다.

"너희는 좀 볼 줄 아는구나."

그러며 위수한은 휙 몸을 날렸다.

"난 먼저 간다. 할 건 다 했으니까 나도 좀 쉬어야겠다."

어처구니가 없다.

지금까지 술만 마시며 음담패설만 해댔으면서, 뭘 했다고 쉰다는 걸까?

하지만 재경을 포함한 일곱 명의 후기지수들은 정중히 포권을 취하며 외치듯 말했다.

"감사합니다!"

"가르침을 잊지 않겠습니다!"

위수한은 귀찮다는 듯 손만 휘휘 저었고, 빠르게 사라졌다.

후기지수들은 짜증어린 눈으로 위수한이 가버린 방향을 바라보다가 사방으로 흩어졌다.

하지만 일곱 명의 후기지수만은 포권을 풀지 않은 채, 위수한이 사라진 방향만을 가만히 바라만 보았다.

어느 순간 재경이 속삭였다.

"엄청나군요."

하정천이 살짝 고개를 끄덕였다.

"역시 협왕이시군."

강위가 중얼거렸다.

"퇴보라. 어떤 상황에 처해도 살아남는 법을 안다하시더니, 딱 그대로군."

독고가가 고개를 갸웃거렸다.

"그런데 왜 우리만 알아본 거죠?"

하소인이 대꾸했다.

"우리만 알아볼 수밖에 없지."

독고가가 고개를 갸웃했다.

"왜요?"

일결이 설명했다.

"우리만 지난 아흐레 동안 위수한 회주님의 이야기를 들어왔으니까."

"그거랑 퇴보랑 무슨 관계가 있길래요?"

일결이 쓱 고개를 돌려 독고가가를 바라보았다.

"그분께서 하신 말씀은 고작 시시껄렁한 음담패설일지 모르지만, 그 근저에 깔린 심의(深意)는 언제나 한 방향을 가리키고 있었지. 그게 퇴보의 구결(口訣)이었다."

무공이란 초식(招式)과 구결(口訣)로 이루어진다.

초식은 형태와 자세, 동작이기에 책으로 기록되거나 시연을 통해 학습된다.

그리고 구결은 무공의 흐름과 깨달음, 마음가짐에 대한 정보이다. 그렇다 보니, 구결은 오직 입에서 입으로 설득

되고 전할 수밖에 없다.

지난 구일동안 위수한은 음담패설에 섞어 퇴보의 구결을 전한 것이다.

그리고 지금 퇴보의 초식을 시연해준 것이었다.

그렇기에 일곱 후기지수만이 퇴보의 초식을 알아볼 수 있었고, 그 단순한 동작이 얼마나 무섭고 대단한 위력을 가졌는지를 체감할 수 있었다.

일곱 후기지수들은 입을 다물고 각자 상념에 빠졌다.

시간이 없었다. 머릿속에 새겨진 퇴보의 초식은 지금 이 순간에도 빠르게 흩어지고 있었다.

서둘러 정리해야만 했다.

일곱 후기지수들은 누가 먼저라고 할 것 없이 한적한 공간을 찾아 흩어졌다.

남은 하루.

일곱 후기지수만은 바쁠 것 같았다.

†

후기지수들은 일관에서 죽음에 순응하는 법을 배웠다.

그리고 이관에서는 죽음을 이겨내는 투지를 익혔다.

하지만 이곳 삼관에서는 아무것도 배울 수 없었다.

그런데 정말 배운 게 없을까?

아흐레 내내 위수한의 곁에 머물렀던 일곱 후기지수만
은 생각이 달랐다.

그들은 위수한에게서 일관과 이관과 비견할 수 있는 뭔
가를 얻었으니까.

그것은 한 단어로 요약하라면, 여유라고 하겠다.

위수한은 권황 철리패와는 전혀 다른 인물이었다.

권황 철리패와 마찬가지로 위수한 또한 험난한 시대를
겪고 살아남았지만, 그 방식이 대치된다 할 수 있을 정도
로 달랐다.

철리패는 닥치는 위협과 위기를 언제나 정면으로 돌파
해왔고, 위수한은 요리조리 피하거나 막으며 빠져 나왔다
고 해야 할까?

퇴보는 바로 그러한 위수한의 삶이 함축된 무공이었
다.

생사가 갈리는 순간이 닥치면, 권황 철리패는 주먹을 뻗
는다.

그건 적의 죽음을 이루어내어 생을 쟁취하겠다는 투지
이다!

하지만 위수한은 한 걸음 물러선다.

피하는 게 아니다.

적의 죽음을 이끌어내기 위한 유혹이며, 한 치 앞이 아

닌 좀 더 멀리 깊게 보겠다는 여유이다.

그것이 바로 퇴보였다.

권황의 투지와 협왕의 여유.

둘 중 무엇이 옳을까?

둘 다 옳다.

답은 하나 뿐이 아니기 때문이다.

어쩌면 권황 철리패와 협왕 위수한은 저울 양쪽에 달린 무게추와 같은 인물상인지 몰랐다.

둘 중 누가 더 무거울지는 아무도 알 수가 없다.

후기지수들이 알 수 있는 건, 둘 모두 다 측량할 수 없을 만큼 무겁다는 점뿐이다.

그리고 퇴보는 분명 권황의 심득 정권에 못지않은 무서운 무공이라는 것이었다.

일곱 후기지수들은 생각했다.

퇴보를 사용할 수 있다면 생사를 가르는 순간이 닥친다고 해도, 살아남을 수 있으리라고.

그리고 그들 중 한 명은 생각했다.

'권황의 정권과 협왕의 퇴보. 이 둘을 완성하고 하나로 엮을 수 있다면?'

무적이다!

라고……

천마재생

†

하루가 흘러, 이제 마지막 관문인 사관으로 이동해야할 시간이 되었다.

지난 열흘 동안 휴식을 취한 덕분인지, 후기지수들의 표정에는 사관에 대한 두려움이나 걱정보다는 기대와 흥분이 느껴졌다.

하지만 지난 하루 내내 퇴보의 초식과 구결을 몸에 붙이기 위해 충실했던 일곱 후기지수들만은 쌓인 피로 때문인지, 몸이 축 늘어져 있었다. 하지만 눈빛만은 더 없이 맑고 밝았다.

퇴보의 구결과 초식을 수련하는 동안 많은 것을 깨달을 수 있었고, 그로 인해 사고의 깊이와 이해의 폭이 진일보라는 성과가 있었기 때문이었다.

지금 당장 뚜렷한 차이는 없지만, 향후 그들과 다른 후기지수들의 앞날은 크게 다를 것이 분명했다.

같은 것을 보고 같은 내용을 들어도, 받아들이는 점이 다를 테니까.

"잘 들 지냈나?"

그들의 앞에 나타난 총대는 웃는 낯으로 그렇게 말하며 두리번거렸다.

찬찬히 한 명씩을 살펴본 후, 총대는 가볍게 고개를 끄덕였다.

"역시네."

뭐가 역시라는 걸까?

총대는 가볍게 손뼉을 치며 말했다.

"자! 이제 마지막 관문이다. 다들 고생 많았지? 하지만 더 고생할 거야. 이제부터가 진짜니까."

후기지수들은 긴장된 얼굴을 하며 어깨를 굳혔다.

하지만 두렵지는 않았다.

지금까지 겪어온 수련이 그들을 단단하게 만들어준 덕분이었다.

총대가 말했다.

"마지막 관문의 이름은 전관(戰關)이다."

전투의 관문?

뭔가 느낌이 좋지 않다.

총대가 씩 웃었다.

"이제부터 열흘 동안 너희가 할 일은, 지금까지와는 반대라고 해야 할까? 죽도록 고생하는 게 아니라, 죽이려고 고생하는 거니까."

죽인다고?

누구를?

"너희는 이제부터 열흘간 전쟁을 벌인다. 진짜 전쟁이지. 명심해. 죽이지 않으면 죽어. 혹은 교두님의 손에 죽거나. 이제부터 너희를 이끌어주실 교두님을 소개하지."

천마재생

갑자기 총대의 옆에 한 사람이 나타났다.

하지만 후기지수들은 아무도 놀라지 않았다. 본래 그 자리에 있었던 것 같다는 생각이 들 정도로 자연스러웠기 때문이었다.

그건 묘한 기분이었다.

이제 스물 정도 되었을까?

잘 생겼다는 말이 바로 튀어나올 만큼 용모가 빼어난 청년이었다.

다만 표정이 없고, 눈매가 날카로워, 다가가기 어렵다는 느낌이 들었다.

청년의 입이 벌어졌다.

"내가 전관의 교두이다."

그 순간 하소인이 속삭였다.

"망했네."

일결은 그저 한숨만 쉬었다.

그리고 강위와 재경, 하정천은 눈이 찢어져라 벌어졌다.

"서, 설마?"

"그럴 리가."

"말도 안 돼."

청년이 그들 쪽을 한 번 힐끗 본 후, 후기지수들 모두를 향해 말했다.

"남장후라고 한다."

그리고 희미한 미소를 머금고 말을 이었다.

"수라천마라고도 불리지."

후기지수들은 저마다 헛웃음을 흘렸다.

제법 재밌는 농담이었기 때문이었다.

수라천마 장후라니.

하지만 재경과 하정천, 하소인, 강위, 일결 만은 웃지 않았다.

아니, 웃지 못했다.

오히려 불안하다는 눈으로 남장후의 얼굴을 바라보고만 있을 뿐이었다.

정작 남장후는 아무런 반응을 보이지 않았다. 여전히 표정 없는 얼굴로 후기지수를 마주 대하고 있을 뿐이었다.

웃음소리가 가라앉고서야 남장후의 입이 벌어졌다.

"좋을 때야. 그래. 떨어지는 낙엽만 봐도 웃음이 날 때이지."

남장후가 걸음을 옮겨 후기지수들을 향해 다가갔다.

"앞에 서 있는 사람이 누구인지도 모르고, 내가 어디에 서 있는 지도 모르고, 그저 하루가 즐거우면 충분한 바보처럼, 그렇게 아무것도 모르는 머저리처럼 살아도 누가 뭐라고 하지 않는 시기이지. 그래, 아주 좋을 때이야."

후기지수들의 눈이 좁아졌다.

천마재생

바보?

머저리?

보이는 외모만으로 봐서는 자신들과 나이차이가 그리 나지 않았기에, 남장후가 교두라고 자신을 소개했을 때부터 농담을 하고 있는 것이라고 여겼다.

더구나 자신의 정체가 수라천마 장후라고 하니, 농담인 게 당연했다.

그렇기에 후기지수들은 남장후가 독고가가처럼, 전대고수의 제자이거나 후인이기에, 자격과 재능을 인정받아서 은천대에 중도합류하는 후기지수라고 여겼다.

그런데 바보라니.

머저리라니!

이쯤 되면 그저 웃어넘길 수는 없었다.

후기지수 중 한 명이 나섰다.

"어이, 그만 하지? 출신배경이 어떤지는 모르겠지만 중도에 합류하는 것도 좀 꼴사나운데, 분위기 파악까지 못하는 건 그렇지 않나? 그건 눈치가 없다기보다 예의가 없는 거야."

남장후가 빙긋 웃었다.

"그 말대로군. 눈치가 없다기보다 예의가 없는 거야. 하기야 너희 눈치가 뭐고, 예의가 뭔지 알기나 할까?"

나선 후기지수가 눈살을 찌푸렸다. 그리고 총대 쪽으로

고개를 돌렸다.

"이 녀석, 예의 좀 가르쳐 줘도 됩니까?"

총대가 환하게 웃었다. 그러며 크게 고개를 끄덕였다.

후기지수는 허락을 받았다 싶은지, 남장후를 향해 걸음
을 내딛었다.

남장후는 다가오는 후기지수를 향해 부드러운 미소를
머금었다.

후지기수가 남장후의 앞에 멈춰서며 말했다.

"이제와 후회되느냐?"

남장후가 물었다.

"후회가 뭔지 아느냐?"

후기지수는 소리 없이 웃은 후, 고개를 절레절레 내저었
다.

"나야 모르지. 하지만 이제부터 네가 알게 될 거야."

쉬이이익.

후기지수의 주먹이 남장후를 향해 날았다.

퍽!

남장후의 얼굴이 왼쪽으로 돌아갔다. 그의 오른 볼에 후
기지수의 주먹이 붙어 있었다.

그 광경을 보는 순간, 하소인이 속삭였다.

"제대로 망했네."

일결도 오랜 만에 입을 열었다.

천
마
재
생

"도망칠까요?"

하정천이 속삭여 대꾸했다.

"어디로?"

강위가 중얼거렸다.

"어디든. 우선 살고 봐야 할 거 아냐."

재경이 모두를 향해 물었다.

"도망치면 살 수 있습니까?"

그러자 모두가 고개를 내저었다.

하소인이 말했다.

"하나 확실한 건 쟤보다는 늦게 죽을 거야."

그러며 턱 끝으로 남장후의 볼을 주먹으로 가격한 후기지수를 가리켰다.

재경이 동감이라는 듯 고개를 끄덕이며 말했다.

"당장 죽어도 후회는 없을 겁니다. 무려 수라천마 장후의 얼굴을 때려 보았으니까요."

그러자 다른 넷이 모두 고개를 끄덕였다.

정작 남장후의 얼굴을 주먹으로 가격한 후기지수는 난감하다는 듯한 표정을 짓고 있었다.

분명 얼굴을 가격했고, 타격음도 울렸다.

그런데 손에는 아무런 느낌이 없었다. 허공에 주먹을 내지른 듯한 기분이었다.

뭐지?

남장후가 말했다.

"철리패에게 명했다. 너희에게 정권을 가르치라고. 그가 나의 명을 어긴 것이냐, 아니면 너희가 따르지 못한 것이냐?"

후기지수는 불길함을 느껴 뒤로 물러섰다.

그런데 남장후가 이미 그가 물러서려던 자리에 서 있었다.

남장후가 말했다.

"위수한에게 명했다. 너희에게 퇴보를 가르치라고. 그 또한 나의 명을 어긴 것이냐, 아니면 너희가 배우지 못한 것이냐?"

후기지수는 깜짝 놀라며, 마구 주먹을 내질렀다.

그의 두 주먹이 질풍이 되어 남장후를 향해 몰아쳤다.

그는 자신이 주먹이 보이는 위력에 깜짝 놀랐다.

삼십일 전, 바로 이 곳 은천대의 수련을 받기 전보다 월등히 빠르고 강했다. 자신의 실력이 두 단계이상 상승했다는 것을 본능적으로 느낄 수 있었다.

하지만 그 어떤 주먹도 남장후에게는 닿지 않았다.

남장후는 유령처럼 뚫고 들어와 후기지수의 목을 쥐었다.

"으윽!"

목이 잡힌 순간, 후기지수는 축 늘어졌다.

259

남장후는 그런 후기지수를 자신의 얼굴 가까이로 가져
왔다.

"실망스럽구나."

후기지수는 남장후의 눈동자 속에서 공포를 볼 수 있었
다.

깊은 어둠.

빠져들었다가는 다시 나올 수 없는 무저갱만 같다.

"ㅇㅇㅇㅇㅇㅇㅇ."

남장후가 아귀를 풀었다.

그러자 후기지수를 물에 젖은 천처럼 흘러내려, 바닥에
주저앉았다.

움직이지 못하고, 그저 그대로 앉은 채 바들바들 떨기만
했다.

지켜보던 후기지수들은 그제야 조금은 긴장된 모습을
보였다. 비로소 남장후가 심상치 않은 상대라는 것을 느꼈
기 때문이었다.

정파 후기지수 중 한 명이 나서서 물었다.

"당신은 누구요?"

삼소천 중 일인인 청후였다.

남장후가 짧은 한숨을 내쉬었다. 그러더니 총대를 돌아
보았다.

"철리패와 위수한을 불러와라. 나는 가르치라고 했고,

260

놈들은 가르쳤다고 했다. 그런데 여기 어디에도 배운 놈이 보이질 않는구나. 책임을 묻겠다 하여라."

총대가 급히 고개를 숙였다.

"알겠습니다."

남장후가 말했다.

"그리고 녀석들에게 말을 전하는 대로, 네 혀를 잘라라."

"네?"

"분명 너는 훈련조교로써 소임을 다하겠다고 했고, 나는 너의 약속을 믿었다. 네가 감히 나와의 약속을 저버렸다고는 믿지 않는다. 그저 이 녀석들이 바보고 머저리이기 때문이겠지. 하지만 그렇다고 하여도 너 또한 책임을 피할 수 없다. 네 놈의 혀를 약속을 지키지 못한 것에 대한 대가로 삼겠다."

총대의 낯빛이 하얗게 변했다. 바로 떠나지 못하고 주저하는 모습을 보이자, 남장후가 눈매를 살짝 좁혔다.

"머리통이 낫겠느냐?"

총대는 고개를 저었다.

"아닙니다. 그저 감사할 뿐입니다."

그러며 히쭉 웃었다.

그때 재경이 한 걸음 나서며 외쳤다.

"저는 야수와 퇴보를 익혔습니다!"

천마재생

이어 하소인이 외쳤다.

"저 역시 퇴보를 배웠습니다!"

남장후의 고개가 그들을 향해 돌아갔다.

일결이 재빨리 손을 뻗어 두 사람의 어깨를 잡고 눌렀다. 나서지 말라는 의미였다.

남장후가 속삭이듯 말했다.

"그래서?"

하소인이 주눅이 든 얼굴로 더듬더듬 말했다.

"그러니까 저희 말은 배운 사람이 없지는 않다는 거죠."

남장후가 입매를 살짝 올렸다.

"그러니 이 녀석에게 책임을 묻지 말라 이거냐?"

하소인은 아주 살짝 고개를 끄덕였다.

일결이 그녀의 어깨에서 손을 떼고 속삭였다.

"아가씨, 그 동안 즐거웠습니다. 안녕히 가십시오."

하소인이 휙 고개를 돌려 일결을 바라보았다.

나, 어디 가니?

일결은 전혀 모르는 사람이라는 듯 담담한 표정으로 물러섰다. 배신감이 들 정도였다.

하지만 그런 감정은 남장후의 속삭이는 듯한 말이 들린 순간 씻은 듯 사라져 버렸다.

"너도 내가 누군지 모르는 게냐?"

작은 목소리였지만, 이 자리에 있는 모든 사람이 똑똑히

들을 수 있었다.

동시에 모두가 한기를 느끼며 몸을 움츠렸다.

이건 뭘까?

하늘이 내려앉는 듯한 기분이었다.

땅이 솟아오르는 것만 같기도 했다.

세상 모든 게 뒤흔들린다.

어째서인지 몰랐다.

속이 울렁거리고, 머리는 어지러웠다.

하지만 남장후의 속삭임은 선명하게 들려온다.

"아니면, 나를 잊은 게냐?"

하소인이 외쳤다.

"아니요! 당신을 어떻게 잊을 수 있겠습니까!"

남장후가 싱긋 웃었다.

"아니. 사람이란 생각보다 쉽게 잊어. 그렇기에 이따금 다시 가르쳐 줄 필요가 있지. 그게 내가 생각하는 예의이야."

하소인이 고개를 마구 저었다.

"그건 예의가 아닌 것 같은데요?"

남장후가 피식 웃었다.

"좋아. 배웠다고 하니 보여라. 너희 중 하나라도 제대로 배웠다고 여겨지면, 용서하마. 더불어 오판에 대한 대가를 내놓지."

천마재생

그러며 고개를 돌려 총대를 바라보았다.

"뭐 하느냐?"

총대는 눈치를 살피며 조심스레 물었다.

"그럼 제 혀는요?"

"우선 다녀오너라. 봐서 결정하지."

총대는 크게 고개를 숙였다.

"네!"

그러더니 하소인을 향해 몸을 돌리며 있는 힘껏 외쳤다.

"아가씨! 힘내십시오! 아가씨만 믿겠습니다!"

휘익!

총대는 몸을 날려 사라져 버렸다.

남장후가 하소인 쪽으로 발을 내딛었다.

그의 발이 땅에 닿는 순간, 후기지수 모두가 휘청했다.

땅이 가라앉은 기분이었다.

하소인이 다가오는 남장후를 향해 어색하게 웃으며 말했다.

"설마 절 죽이실 건 아니죠?"

남장후가 살짝 고개를 저었다.

"역시 나를 잊었구나."

하소인이 부들부들 몸을 떨었다. 그리고 작게 속삭였다.

"후회가 뭔지, 이제야 알겠네요."

남장후가 가소롭다는 듯 피식 웃었다.

하소인은 각오했다는 듯 허리춤에서 연검을 뽑아들고
외쳤다.

"좋아요! 전 분명 퇴보를 배웠습니다! 확인하시죠!"

"퇴보가 무엇인지 아느냐? 네가 배웠다는 것과 내가 가
르치라 했던 것이 같다고 여기느냐?"

"거기까지는 모릅니다. 하지만 제가 배웠다는 건 알아
요."

"좋아. 보마. 네 말이 옳다면 충분한 대가를 지불하마."

하소인이 연검을 들어 올려 자세를 취하며 말했다.

"그 대가가 무엇인지 모르겠지만, 뭐라고 해도 충분할
것 같지는 않네요."

남장후가 잠시 걸음을 멈추더니, 한 마디를 툭 뱉었다.

"아수라파천마공."

"네?"

"그 정도면 되겠지?"

"네?"

"네가 정녕 퇴보를 배웠다면, 내가 오판을 했다면, 그것
을 주마."

아수라파천마공!

고금제일의 마공이다.

아니, 고금제일의 무공이었다.

그걸 주겠다고?

하소인이 물었다.

"저, 정말요?"

남장후가 짧은 한숨을 내쉬었다.

"잊은 게 많구나."

하소인이 침을 꿀꺽 삼켰다.

"그건 맞네요. 당신께서는 자신의 말을 꼭 지키시지요."

그때였다.

스윽.

하소인의 곁으로 강위가 다가왔다.

"저도 퇴보를 배웠습니다."

반대쪽으로는 하정천이 붙어 섰다.

"이거 우연일까요? 저도 퇴보를 배웠습니다."

일결은 하소인의 앞에서 나타났다. 그리고 슬쩍 고개를
돌려 말했다.

"아가씨. 제가 돕겠습니다. 저도 퇴보를 배웠다는 거 아
시죠?"

하소인이 눈을 얇게 좁혔다.

"그랬니?"

남장후가 목소리를 높여 말했다.

"좋아. 모두에게 기회를 주마. 야수, 정권, 퇴보. 그 셋
중 하나라도 제대로 익히 녀석이 있다면, 파천(破天)을 주
마! 지금의 나를 있게 했던 아수라파천마공을!"

위이이이이이이잉!

남장후의 미간에 푸른빛의 눈동자가 맺혔다.

뒤이어 그의 등 뒤로 여섯 개의 푸른 팔이 모습을 드러냈다.

동시에 엄청난 기파가 뿜어져 나온다!

후기지수들은 버티지 못하고 동시에 무릎을 꿇고 주저앉았다. 모두의 눈이 찢어질 듯 벌어졌다. 그리고 마음속으로 부르짖었다.

진짜다!

진짜 수라천마가 나타난 것이었다.

천마
재생

第七十九章.

별은 너무 많아

第七十九章.

별은 너무 많아

수라천마 장후가 나타났다.

후기지수들은 눈으로 보고, 그의 존재감을 몸소 겪고 있으면서도 도무지 믿을 수가 없었다.

수라천마 장후가 왜 이 자리에 있는 걸까?

협륜문의 설립이유는 바로 수라천마 장후에 대항하기 위해서가 아니었나?

수라천마 장후는 지금 적진의 한복판에 서 있는 것이나 다름없었다.

그런데 왜 협륜문을 구성한 제협회와 오륜마교의 고수들은 나타나지 않고 있는 걸까?

왜 수라천마 장후는 마치 이곳의 주인처럼 구는 걸까?

천마재생

어째서 정파무림의 큰 어른이자 협륜문의 문주인 철리패와 제협회의 회주인 위수한을 자신의 수하라는 듯이 오라가라하며 책임을 묻겠다는 망발을 하는 걸까?

지금 이 상황을 어떻게 받아들여야 할까?

뭐가 뭔지 모르겠다.

그저 두렵고 혼란스러울 뿐이었다.

남장후가 수라마안과 파천육비를 흩어버리며 말했다.

"이제 너희가 어디에 서 있는지 궁금해지느냐?"

후기지수들은 아무 말도 하지 못했다. 남장후에게서 뿜어져 나오던 기파로 인한 압박감은 사라졌지만, 아무도 일어나지 못했다.

그저 경외와 공포가 뒤섞인 얼굴로 남장후를 멍하니 바라만 보고 있을 뿐이었다.

남장후는 그들이 가소롭다는 듯 입매를 비틀었다.

"왜 너희가 이런 혹독한 수련을 받는지 궁금하지 않았느냐? 왜 너희 따위를 철리패와 위수한이 가르쳤는지 이상하지 않았느냐? 선택을 받아서? 너희의 특출난 재능을 인정해서? 너희가 아는 강호무림은 그토록 화목하더냐?"

후기지수들 역시 이상하다고 여겼던 부분이었다.

훈련을 위해 나타난 교관이 권황 철리패와 협왕 위수한이라니.

그 정도의 위치에 있는 인물들이 고작 자신들을 훈육하겠다고 나설 리가 없었다.

하지만 뭔가 말 못할 사정이 있으리라고 여겼다. 그리고 지금 남장후의 말처럼 자신들이 선택을 받았다고 생각했었다.

그런데 아니었나?

"이용가치가 없는 건 버려진다. 그게 전쟁이다. 우리는 전쟁을 치르려는 중이고. 너희를 수련시킨 목적은 아주 단순하다. 즉시 전력으로 사용하기 위해서이다. 쓸모없어지면 버리기 위해서이고."

후기지수들이 이를 악물었다.

쓸모없어지면 버린다?

우리의 가치가 고작 그 정도였나?

남장후가 말했다.

"쉽게 말해주지. 앞으로 열흘 후 너희 중 반은 죽는다."

후기지수들은 심장이 쿵 내려앉는 듯했다.

앞으로 열흘 후에 반 이상이 죽을 거라고?

왜?

어떻게 해서 우리가 죽는다는 거지?

남장후가 그들의 심정을 읽었는지 새하얀 미소를 지었다.

"벼락을 맞았다 여겨라. 낙석에 깔려 뭉개졌다고 여겨라. 범람한 강물에 휘말렸다고 여겨라. 그렇게 운명이라 여기고 죽어라. 그렇게 천운인 줄 알고 살아남아라."

후기지수들이 눈매가 사나워졌다.

어째서 죽고 어떻게 살아남을지를 결정하는 게 운명이나 천운 취급을 하라니.

그럴 수는 없었다.

남장후는 미소가 짙어졌다.

"나를 원망하느냐? 우습구나. 난 분명 너희에게 기회를 주었다. 백보정심관을 만들었고, 철리패와 위수한에게 배움을 청할 수 있는 기회를 제공했다. 그리고 너희에게 닥칠 위협을 벗어날 만한 동아줄이 될 터였다. 그런데 너희는 무엇을 했느냐? 후회하거라. 자책하거라. 괴로워하거라. 울부짖거라. 너희가 헛되게 보낸 삼십 일이라는 시간을 아까워 하거라."

그러며 냉정히 그들을 외면하고, 하소인들이 있는 곳을 향해 다시 걸음을 내딛었다.

하소천들은 굳은 얼굴로 기다리고 있었다.

남장후가 말했다.

"이제 너희를 시험하겠다. 너희에게 수라마안을 펼칠 것이다. 수준은 삼성 정도. 알아듣기 쉽게 말하면, 오륜마교의 팔대궁주 정도는 죽일 수 있는 위력이다."

274

하소인은 동그랗게 떴다.

"네?"

팔대궁주는 현 무림에서 열 손가락 안에는 들지 못해도, 스물 안에는 충분히 든다고 평가되는 인물들이다.

그런 팔대궁주를 죽일 수 있을 정도의 위력이라니.

어떻게 피하고 막을 수 있을까?

남장후는 단언하듯 말했다.

"너희가 퇴보를 배웠다면, 충분히 삼성의 수라마안 쯤은 피할 수 있을 것이다."

하소인이 억울하다는 듯 외쳤다.

"저희는 바로 어제 배웠다고요! 고작 흉내정도만 낼 수 있습니다!"

"퇴보는 위수한의 모든 것이다. 흉내라도 낸다면 피할 수 있다."

"하지만……."

"말이 많구나."

위이이이이잉.

남장후의 미간에 다시 푸른 눈동자가 떠올랐다.

하소인은 자세를 낮추었다. 재경과 하정천, 일결과 강위 역시 마찬가지였다.

그들의 자세는 모두 달랐지만, 지켜보는 후기지수의 눈에는 비슷하다는 느낌을 들게 했다.

이상한 건 그들이 뒤가 물러나 피하는 게 아니라, 앞을 향해 나아가려는 것처럼 보인다는 것이었다.

후기지수들은 몰랐지만, 퇴보는 본래 그런 것이었다.

물러남으로써 목숨을 지키려는 게 아니라, 한 번 숨을 고를 수 있는 것이다.

휴식이 아니라, 연결을 위한 호흡이다.

치열한 순간, 상황을 파악하고 정리하는 여유이다.

남장후의 입매가 올라갔다.

"나쁘지는 않군. 하지만 안다는 것과 한다는 건 다르지. 그 한 걸음 내딛을 수 있을까?"

하소인을 포함한 다섯 후기지수들은 침을 꿀꺽 삼켰다.

퇴보는 피하는 게 아니라, 비켜가는 것이다.

제대로 배우지 못했다면, 퇴보의 심득을 제대로 이해하지 못했다면, 상대의 공격에 몸을 던지는 것과 다름없다.

그러니 목숨을 걸어야 한다.

철리패에게서 배운 투지, 혹은 그의 심득인 정권과는 다른 방식이지만, 그에 준하는 각오를 다져야 한다는 거다.

하소인을 포함한 다섯 후기지수들은 스스로에게 물어보았다.

나는 그럴 각오를 다졌나?

지난 삼십 일간의 수련을 통해 죽음이 무엇이고, 죽음을 이겨낼 수 있는 투지와 죽음을 비켜갈 수 있는 여유를 배웠다.

하지만 배운 것을 그대로 적용할 수 있을까 하는 확신은 없었다.

이건 시험대이다.

배운 대로 행동하지 않으면 죽는다.

위이이이이잉.

남장후의 미간에 맺힌 수라마안이 꿈틀거렸다. 이제 빛살을 뿜어내겠다고 경고하는 듯했다.

하소인이 크게 외쳤다.

"까짓 죽기밖에 더 하겠어!"

그 순간, 수라마안이 거대한 빛살을 뿜었다.

동시에 다섯 후기지수는 발을 내딛었다.

콰아아아아아아아아아아아아앙!

굉음과 함께 동굴 전체가 뒤흔들렸고, 전체가 푸르게 물들었다.

잠시 후, 빛은 씻은 듯 사라졌고, 후기지수들은 부신 눈을 깜빡이며 상황을 둘러보았다.

하소인들이 서 있던 자리, 뒤편으로 구멍이 보였다.

구멍이라기보다, 동굴 같았다. 아니, 통로라고 해야 했다.

천마재생

사람 두셋 정도는 무리 없이 동시에 오갈 수 있을 정도로 넓고 높다. 뿐만 아니라 깊이가 십여 장은 될 것 같았다.

　'이 위력이 고작 삼성의 수준이라고?'

　믿을 수가 없었다.

　이게 수라천마로구나!

　어째서 수라천마 장후를 인간의 형태를 한 재앙이라고 부르는 건지 비로소 알 것 같았다.

　'그들은?'

　후기지수들은 하소인들을 찾아 눈동자를 굴렸다.

　수라마안을 피하지 못해, 먼지가 되어 사라진 걸까?

　어디에도 보이지 않는다.

　그때였다.

　"좋아, 인정하마."

　남장후의 목소리가 들리자, 후기지수들의 시선이 그를 향해 돌아갔다.

　그의 앞과 뒤, 왼쪽과 오른쪽에 다섯 명이 서 있었다.

　그들은 각자의 무기를 뽑아든 채, 남장후의 목과 어깨, 허리와 다리를 겨냥해 있었다.

　언제, 대체 어느새 저기까지 이동했던 걸까?

　남장후가 씩 웃었다.

　"기초에 불과하지만 퇴보를 익히기는 했구나."

그제야 하소인을 포함한 다섯 후기지수들은 털썩 주저 앉았다.

상처를 입은 걸까?

그런 것 같지는 않았다.

순간적으로 혼신의 힘을 다한 까닭에 두 발로 버티고 서 있을 수가 없을 정도로 탈진한 것이었다.

남장후가 그들을 내려 보며 말했다.

"좋아. 너희에게 파천을 가르쳐 주지."

다섯 후기지수는 파르르 몸을 떨었다.

고금제일의 무공, 아수라파천마공을 배울 수 있다!

힘이 남아 있었다면 벌떡 일어나 환호성을 지르며 날뛰 었을 것이다.

반대로 지켜보던 후기지수들은 짙은 한숨을 내쉬었다.

남장후가 뒷짐을 지더니, 자신이 만들어낸 구멍을 향해 걸어갔다.

"하지만 기대하지는 마라. 아수라파천마공은 너희가 생 각하는 것처럼 대단한 무공이 아니야. 야수나 정권, 퇴보 에 비하면 형편없다고 할 수 있을 정도로 치졸한 무공이 지."

그새 체력을 조금은 회복한 하정천이 속삭이듯 말했 다.

"혹시 아까우신 겁니까?"

천마재생

다른 넷이 눈에 힘을 주어 미쳤냐는 눈으로 하정천을 노려보았다.

하지만 하정천은 무시하며 고개를 들어 멀어져가는 남장후의 등을 노려보며 말했다.

"저희는 파천을 얻기 위해 목숨을 걸었습니다."

남장후는 말했다.

"약속은 지킨다. 걱정하지 마라. 대신 실망하지는 마라."

그러며 호흡을 살짝 고르더니 담담한 어조로 말한다.

"아수라파천마공은 유성(流星)이다."

유성?

"어린 시절, 나의 재능을 인정한 사파의 고인 중 한 명이 내게 이렇게 말했지. 너는 밤하늘의 별처럼 되리라고. 나는 인정을 받았다는 생각에 고마웠지. 하지만 그건 인정을 받은 게 아니라, 한계를 규정한 것이었지."

후기지수들 모두가 마치 꽃향기에 취한 나비처럼 남장후의 뒤를 따랐다.

쓰러져 있던 하소인들 또한 힘겹게 일어나, 그 뒤를 쫓았다.

남장후는 자신이 만들어낸 구멍 속으로 들어섰다.

구멍 속에 백여 명에 가까운 사람이 들어차자, 눈으로는 분간하기 힘들만큼 어두워 졌다.

그렇기에 후기지수들은 선명하게 들려오는 남장후의 목소리가 들리는 방향을 따라 걸었다.

"밤하늘의 별은 셀 수도 없이 많다. 세상을 밝게 비추는 태양이 아니라, 짙은 밤 길잡이가 되는 달이 아니라, 그저 자그마한 빛을 머금은 수많은 별 중의 하나라는 건, 보잘 것없지. 그 사파의 고인이라는 자는 내 삶이 그러할 것이라고 말한 것이었다. 강호무림이라는 하늘을 수놓은 수많은 별 중의 하나가 말이야."

후기지수들은 자신도 모르게 헛웃음을 흘렸다.

그가 누구인지 모르겠지만, 그야말로 오판을 한 셈이었다.

고금사상 최강이라고 일컬어지는 무인이 바로 수라천마 장후이지 않던가.

강호무림이라는 하늘에 떠 있는 모든 별과 해, 달을 합한다고 해도 그가 가지는 위치와 지위를 형용할 수 없을 테니까.

칠흑의 동굴 속 남장후의 목소리가 울린다.

"그리 틀린 말은 아니었지. 가진 건 몸 하나와 재능 하나 뿐인 내가 도달할 수 있는 건 거기까지인 게 당연해. 나도 그렇게 여겼지. 하지만 내게는 이유가 생기고 말았어. 당시의 강호무림, 당시의 하늘이라고 해도 무방할 집마맹을 무너트려야 할 이유가."

천마재생

유성이라.

"고작 별이 될 수밖에 없다면, 난 차라리 유성이 되고자 했다. 내 모든 것을 불태워 사라질지라도, 해와 달을 대신하여 하늘의 주인이 될 수 있는 별이."

뚝, 남장후의 목소리가 멈춘다.

걸어온 거리로 볼 때 앞이 막힌 탓인 듯했다.

수라마안이 뿜어낸 빛이 만들어낸 구멍의 길이는 십장 정도.

그러니 여기까지가 끝이었다.

그때였다.

푸른빛이 번쩍인다.

콰아아아아아아아아아앙!

바람이 거칠게 일어났고, 사방이 지진이라도 난 것처럼 뒤흔들렸다.

잠시 후 진동은 멈췄고, 전면 멀리에 빛살이 흘러들었다.

뚫린 저 편으로 들어오는 바깥의 풍경은 밝지는 않았다.

별과 달이 보인다.

밤이었나 보다.

남장후는 앞으로 다시 걸음을 옮겼다.

"그렇게 난 유성이 되고자 했고, 결국 유성이 되었다. 대신 찰나의 순간 모든 것을 버리고 사라져 버리는 별이 아니라, 빛을 잃지 않은 채, 한곳에 머물지 않고 떠도는 별이. 해와 달처럼 하늘의 주인이 되는 게 아니라, 하늘을 부수는 별이 되었지."

파천의 유성.

남장후를 따라 걸음을 옮긴 후기지수는 어느새 밖에 이르러 있었다.

전면에는 넘실거리는 물결이 그들을 맞이했다.

바다처럼 넓다.

대륙을 가로 지르는 거대한 강, 대강이었다.

선착장 쪽, 칠흑색의 배 한 척이 보인다.

홀로 떠 있는 배가 어쩐지 섬뜩한 느낌을 준다.

남장후가 턱 끝으로 검은 배를 가리키며 말했다.

"이제 너희는 나와 함께 저 배를 타고 성하맹으로 간다."

후기지수들의 눈이 커졌다.

남장후의 설명이 이어진다.

"너희가 내게서 받을 수련은 열흘 안에 성하맹을 무너트리는 것. 그 과정 중에 최소한 너희 중 반 정도는 죽게 될 것이다."

반이라고?

전부가 아니라?

남장후가 말했다.

"하지만 한 가지 확실한 건, 살아남은 놈은 별이 아니라, 유성이 될 거다. 나처럼."

그러며 남장후는 배를 향해 걸어갔다.

지금까지와 달리, 후기지수는 그의 뒤를 따르지 않고 가만히 서 있었다.

성하맹과 전쟁을 벌인다고?

고작 우리들만으로?

이건 미친 짓이다.

그때, 그들의 사이를 비집고 한 명이 앞으로 나왔다.

재경이었다.

"두근두근 한데요?"

그 뒤로 하정천이 나왔다.

"그래서 파천은 언제 가르쳐준다는 거지?"

강위가 뒤를 이었다.

"네가 물어봐. 난 거기까진 못하겠다."

이어 나온 일결이 뒤를 돌아보며 말했다.

"아가씨께서 여쭈어보심이 어떨까요?"

하소인이 걸어 나오며 콧방귀를 뀌었다.

"누구시죠?"

그들 다섯은 그렇게 티격태격하며 남장후가 가버린 방향으로 사라져 갔다.

잠시 후, 후기지수 중에서 한 명이 튀어나왔다.

독고가가였다.

"성하맹이 뭐지?"

그녀는 그렇게 중얼거리며, 먼저 간 다섯 명을 쫓아 달려갔다.

잠시 후 한 명이 걸어 나왔다.

취아홍이었다.

"내가 이런 위험한 일에 나서는 사람이 아닌데……. 안 끼면 후회할 것 같고. 가면 미친 짓 같기도 하고. 하아, 이거 미치겠네, 정말."

그러며 미적미적 독고가가를 쫓아 걸어갔다.

남겨진 후기지수들은 밤하늘을 올려다보았다.

휘영청 둥근 달이 아닌, 주변에 넓게 퍼져있는 별무리를 눈에 담았다.

참 많기도 하구나.

후기지수들의 뇌리에 그런 생각이 스쳤다.

그들은 누가 먼저라고 할 것 없이 검은 배를 향해 걸음을 내딛었다.

그러며 그들은 생각했다.

별은 너무 많아, 라고…….

†

대강의 중심에 위치한 도시 강중(江仲)은 동서남북 어디로도 쉽게 이어지는 교통의 요충지이다.

세상에서 나오는 물건 중 반은 강중에 한 번 머무른다는 이야기가 있을 정도이다.

이 번화한 도시, 강중에 삼년 전부터 하나의 무림단체가 들어섰다.

성하맹.

제협회와 오륜마교로 양분된 강호무림 흔들며 두각을 드러낸 신흥문파들의 세력.

그들은 강중이라는 도시를 중심으로 빠르게 범위를 넓혀가고 있었다.

이대로 계속 성하맹이 성장해 간다면, 얼마 지나지 않아 강중이 무림의 구심점이 될 것이라고 예상될 정도였다.

그런데 거침없던 그들의 행보가 갑자기 멈췄다.

삼십여 일 전, 제협회와 오륜마교가 공동으로 인력을 차출하여 만들어낸 문파 협륜문이 개파대전을 선언하면서부터였다.

성하맹은 무인들을 불러들인 후 문을 닫아걸었고, 침묵에 빠졌다.

왜일까?

개파한 협륜문의 칼이 자신들을 향할지 모른다는 생각에 겁을 먹은 걸까?

하지만 지난 삼년동안 바로 곁에서 성하맹의 성장을 지켜봤던 강중의 사람들은 달리 생각했다.

그들이 뭔가를 준비하고 있다고.

그리고 성하맹이 준비를 마치고 문을 여는 날, 뭔가 무서운 일이 벌어질 것이라고……

하지만 오늘도 성하맹은 문이 열리지 않고 있었다.

성하맹의 앞에 위치한 대강 수면 위로 배 한 척이 모습을 드러내고 있었다.

칠흑처럼 검은 색으로 칠한 배는 느린 듯하지만, 그 어떤 쾌속선보다 빠르게 성하맹을 향해 다가가고 있었다.

배 위에 누군가 속삭였다.

"여기가 바로 성하맹인가?"

재경이었다.

그러자 일결이 대꾸했다.

"오늘까지는 그렇겠지."

하정천이 속삭이듯 말했다.

"그럼 내일은 뭐라고 불릴까?"

강위가 고개를 갸웃거렸다.

"글쎄. 은천대의 합숙소?"

하정천이 혀를 찼다.

"작명실력하고는. 쯧쯔쯔."

그 순간 하소인이 불쑥 입을 열었다.

"은천대의 무덤일 수도 있지요."

그러자 모두가 침묵했다.

천마재생

그 사이에도 그들이 탄 검은 배는 성하맹을 향해 계속 나아가고 있었다.

이틀 동안의 험난한 여정이 끝을 고하는 순간이었다.

†

철혈호도(鐵血豪刀) 길우량(吉宇俍).

이십년 전까지는 위수한과 어깨를 나란히 했던 협객 중의 협객이다.

당시에는 위수한보다 오히려 낫다는 평가까지 받았었다.

하지만 집마맹이 무너진 후 강호무림이 제협회와 오륜마교로 양분되었을 때, 그는 갈 곳을 정하지 못했고, 그 때문에 강호의 주류에서 밀려나 오랜 세월 외면당해왔다.

그랬던 그가 다시 세간의 주목을 받게 된 건, 바로 삼년 전 성하맹이 개파를 했을 때부터였다.

오랜 세월 은거해 있던 철혈호도 길우량이 바로 성하맹의 맹주로써 모습을 드러냈기 때문이었다.

그는 과거 협왕 위수한보다 낫다고 평해졌던 명성이 거짓이 아니라는 걸 입증하는 듯, 고작 삼년 만에 성하맹을 오륜마교와 제협회조차 견제할 만큼의 거대세력으로 성장시켰다.

이제 현 무림을 움직이는 거물 열을 꼽으라면 그의 이름이 오르내리는 실정이었다.

그런 길우량이 성하맹의 심처에 위치한 대회의실 안에 자리한 이십 명의 사람 중 가장 말석에 앉아있다.

가장 상석은 언제나 그의 차지였고, 그게 당연했다.

그런데 이게 어찌된 일일까?

길우량은 분명 성하맹의 맹주이지만, 성하맹의 배경인 집마맹의 지위는 고작 분타주에 불과하기 때문이었다.

그리고 이 자리에는 분타주 쯤은 우습게 볼만한 인물이 대거 모여 있었다.

특히 상석에 앉은 세 사람이 그랬다.

용존(龍尊)과 사존(死尊), 그리고 환존(幻尊).

집마맹주 고위직인 집마십존 중 셋이었다.

최근 도존과 흑존, 그리고 혈존이 죽어버렸기에 집마십존은 집마칠존이라 불려야 되었지만, 아직도 공식적으로는 집마십존이라는 칭호를 사용했다.

빈자리는 언제든 채워질 것이라는 뜻이었고, 큰 공을 세운 자는 누구라도 집마십존의 지위를 차지할 수 있다는 의미이기도 했다.

그렇기에 대회의실에 모여 있는 이들의 눈동자는 욕망과 야망으로 번들거렸다.

앞으로 벌어질 협륜문과의 전쟁은 집마맹의 전력이 처

천마재생

음으로 세상에 모습을 드러내는 거사였다.

세상은 아직 모르지만, 협륜문은 바로 집마맹을 상대하기 위해 제협회와 오륜마교가 합작하여 만든 세력.

그리고 협륜문의 진정한 주인은 협륜문주인 철리패가 아니고, 협왕 위수한도 아니며, 오륜마교의 다섯 교주도 아니다.

바로 수라천마 장후!

집마맹의 입장에서는 어떻게는 무너트려야할 적!

그러니 집마맹은 협륜문과의 전쟁은 물러설 수 없고, 물러날 수도 없었다.

그렇기에 집마맹주는 이번 전쟁에 집마맹의 전력을 대거 투입하기로 결정했다.

항상 은밀하고 조심스러웠던 집마맹주 답지 않은 용단이었다.

그가 이토록 급진적인 결정을 내렸다는 건, 공적을 쌓은 자에게 대가를 지불할 용의도 있다는 것이었다.

그러니 협륜문과의 전쟁에서 큰 공을 세운다면, 이 자리 가장 상석에 앉아있는 용존과 사존, 환존의 옆 자리가 자신의 것이 될지도 모른다!

그들의 생각을 읽었는지, 용존의 안색은 불편하기만 했다.

용존이 입을 열었다.

"협륜문의 동정은?"

그러자 말석에 앉아있는 길우량이 대꾸했다.

"아직 개파대전을 벌이고 있는 중입니다."

용존이 코웃음 쳤다.

"신이 났구만."

침묵하고 있던 환존이 입을 열었다.

"겁이 난 건지도 모르지요."

용존이 힐끔 그를 돌아본 후, 다시 입을 열었다.

"협륜문의 주요인물과 주요세력의 현재 위치는?"

길우량이 대답했다.

"변동이 없습니다."

용존이 눈썹을 꿈틀했다.

"변동이 없다라. 뭐지? 수성(守成)을 하겠다는 건가? 우리보고 치고 들어오라는 건가?"

환존이 말했다.

"길게 끌겠다는 것 아닐까 하오."

용존이 살짝 고개를 끄덕였다.

"뭐 그들 입장에서는 그럴 수도 있겠지. 우리는 놈들의 전력을 알지만, 놈들은 우리를 잘 모르니까. 사실 우리도 우리를 잘 모르잖아?"

그의 웃음소리가 씁쓸하기만 했다.

우리도 우리를 잘 모른다는 것.

그게 바로 집마맹의 가장 큰 문제점이기 때문이었다.

모든 결정은 집마맹주가 홀로 고민하고 홀로 결정한다.

집마맹의 마인들은 그저 하달된 명령을 따를 뿐이었다.

그건 집마십존이라고 해서 다르지 않았다.

지위가 낮은 마인들은 집마십존의 지위와 위치를 동경하지만, 그들 역시도 집마맹주의 톱니바퀴에 불과하기는 마찬가지였다.

크거나 작거나 정도의 차이만 있을 뿐이다.

용존은 빠르게 감정을 지웠다. 그는 평소에도 집마맹주에 대한 불만을 많이 표시하는 편이었지만, 지금은 그래서는 안 되었다.

전쟁이 임박했으니까.

그때 환존이 입을 열었다.

"저라도 그리 할 거외다. 놈들은 지킬 게 많고, 우리는 가질 게 많으니까요."

현 강호무림은 제협회와 오륜마교의 것.

그러니 그들의 입장에서는 움직여 먼저 치기보다는 덤벼들게 하여 물리치는 게 낫다고 판단했을지도 모른다는 뜻이다.

용존은 동감이라는 듯 고개를 끄덕여 주었다.

그때, 사존의 입이 벌어졌다.

"수라천마의 위치는?"

모두의 얼굴이 딱딱하게 굳는다.

집마맹은 제협회와 오륜마교를 안다.

그들의 안에 뿌려놓은 세작은 지금 이 순간에도 계속 정보를 뽑아내고 있었고, 계속 보내오고 있었다.

정보의 시간차는 대략 두 시진.

두 시진 전에 주 감시대상이나 단체가 움직였다면, 지금 알 수 있었다.

어디로 움직이며, 어디로 향할지도 예측할 수 있다.

하지만 오직 수라천마 장후만은 쉽지 않다.

최근 그가 세상에 모습을 드러낸 적이 적지 않아, 상당한 전력을 투입했지만, 아직 그의 동정을 확실히 파악할 수는 없었다.

길우량이 말했다.

"이틀 전까지는 협륜문에 있다고 보고되었습니다."

"이틀 전이라……."

사존은 그렇게 중얼거리며 눈을 지그시 감았다.

이틀이라는 시간.

무엇을 시도하고 이루기에는 그리 길지 않은 시간이다.

하지만 수라천마 장후에게 주어진다면, 무엇이라도 할수 있을 만한 긴 시간이었다.

용존이 물었다.

"확실해? 그를 가장한 누군가였을지도 모르잖아."

293

천마재생

"비마일영의 보고내용입니다."

비마일영은 집마맹주의 직속수하로써 집마십존에 버금가는 고수이다.

현재 그는 협륜문 내에 잠복해 있는 상태였다.

사존이 살짝 고개를 끄덕였다.

"그의 보고라면, 확실하다고 봐야겠지. 하지만……, 흐음."

용존이 환존을 향해 물었다.

"그가 변절했을 가능성도 있지 않겠소?"

환존이 되물었다.

"있을까요?"

용존이 쓴 웃음을 지으며 고개를 저었다.

"없지요."

길우량이 마침 생각났다는 듯 말했다.

"아! 그리고 철리패가 그림자를 세워놓고 사라졌답니다. 덕분에 현 위치가 파악이 되지 않는다고 합니다."

사존의 눈을 부릅떴다.

"철리패가?"

†

검은 배의 안, 철리패가 왼쪽 어깨를 매만졌다.

약간 아픈지 눈살을 찌푸린다.

294

그의 맞은편에 앉아 차를 마시고 있던 남장후가 지나가
는 말투로 물었다.

"어떤 놈이었지?"

철리패가 바로 대꾸했다.

"비마일영이라더군요."

"제법 쓸 만한 녀석이었나 보군."

철리패가 살짝 고개를 끄덕였다.

"싸울 줄 알더군요."

"쓸 만한 정도가 아니었군."

"좀 더 싸워보고 싶었습니다."

"좀 있으면 지겹게 싸우게 될 테니까."

"쓸 만한 놈이 있을까요?"

"곧 알겠지."

그러며 남장후는 찻잔을 내려놓았다.

"자, 나가보자. 곧 도착할 모양이니까."

"네."

철리패는 주먹을 쥐고 일어섰다.

†

사존이 빠르게 물었다.

"철리패가 사라졌다? 수라천마가 마지막으로 포착된

천마
재생

게, 이틀 전이고?"

길우량은 떨떠름한 얼굴로 고개를 끄덕였다.

"네, 그, 그렇습니다."

사존이 벌떡 일어섰다.

"그 중요한 사실을 왜 이제 말하는 건가!"

그답지 않게 거칠고 직접적인 질책이었다.

그러자, 환존이 말했다.

"너무 심려치 마십시오. 아무리 수라천마라고 해도, 철리패 한 사람만을 이끌고 이곳에 쳐들어 올리는 없지 않습니까."

사존이 조금은 침착해진 표정으로 물었다.

"그 외의 요주의 인물은?"

"움직임이 없습니다."

"감시하는 주요세력은?"

"역시 움직이지 않았습니다."

환존이 웃는 낯으로 말했다.

"보십시오."

그러자 용존이 재미난 생각이 났다는 듯 웃는 낯으로 말했다.

"또 모르지. 개파대전이 열린 지난 삼십 일 동안 좀 재능 있는 아이들을 키워서 흑총마자쯤 되는 막강한 무력단체를 만든 다음, 이리로 쳐들어올지도 모르지 않겠나?"

환존이 웃으며 크게 고개를 끄덕였다.

"그렇다면 말이 되지요. 허허허허허허허헛!"

그럼에도 사존은 의심을 지울 수 없는지, 여전히 심각한 표정으로 물었다.

"협륜문이 개파대전을 벌이는 천목진에서 여기까지의 거리는?"

길우량은 잠시 고민한 후 입을 열었다.

"대강을 따라, 닷새 쯤 걸릴 겁니다."

"가정할 수 있는 최단시간은?"

"전설의 흑경선이라면, 이틀 정도 걸릴 수 있지요."

그때였다.

콰아아아아아아아아아앙!

굉음이 울린다.

그러자 회의실 안에 있는 이들 모두가 깜짝 놀라 일어섰다.

"뭐야?"

"무슨 일이지?"

사존은 굉음이 울린 동쪽을 돌아보며 침음성을 흘렸다.

"어쩌면, 가정할 수 있는 최악의 상황이 닥친 건지도 모르겠어."

NEO ORIENTAL FANTASY STORY

第八十章.

효시(嚆矢)

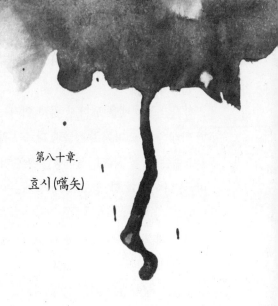

第八十章.

효시(嚆矢)

성하맹의 동쪽은 대강으로 연결된 수문(水門)으로 되어 있다.

그리고 수문의 안은 선착장으로 되어 있고, 크고 작은 배 수십 개가 정박되어 있다.

선착장과 배는 모두 성하맹 산하의 수로표국에서 운용을 하는 배였다.

평상시에는 운송선(運送船)으로 활용되지만, 주변 문파와의 알력다툼이 있을 시에는 전선(戰船)으로 이용되었다.

성하맹은 그러한 방식을 통해 대강의 반을 지배할 수 있었다.

과장을 조금 섞어서 떠도는 말 중에는 성하맹의 눈치를 보지 않으면 대강의 물길을 사용할 수 없다는 이야기가 있을 정도였다.

하지만 성하맹을 탐탁지 않게 여기는 무림인들은 그러한 방식을 두고 마치 수적들과 다르지 않다며 빈정거렸다.

그럼에도 불구하고 성하맹은 반감어린 시선을 무시하며, 선단이라고 할 정도로 배의 개수와 종류를 늘여가고 있었다.

마치 대강에 떠다니는 배는 모두 가지겠다는 것처럼.

그래서일까?

오늘도 성하맹은 배를 사들였는지, 검은 배 한 척이 접근하고 있었다.

크기로 보아서는 여객이나 물자를 나르기 위한 중규모의 운송선인 듯한데, 날렵한 형태로 보아서는 수상전투를 위해 만들어진 쾌속선에 가까웠다.

수문의 위, 대강의 물길을 노려보며 경계하던 무인이 검은 배를 발견하고 눈을 좁혔다.

"이봐. 입항허가 온 거 있어?"

바로 곁, 하품을 하고 있던 동료가 고개를 저었다.

"아흠. 아니요. 그런 게 있으면 선배가 먼저 알았겠지요."

"그렇지? 그런데 저거 뭐지?"

동료의 시선이 대강을 향했다.

수평선에 노을을 등진 검은 점 하나가 보였다.

사내는 재빨리 천리경을 꺼내 오른 쪽 눈에 가져다 댔다.

한 척의 배였다.

무엇으로 만든 건지 모르겠지만, 먹물처럼 새카맸다.

그의 눈이 둥그레진다.

"우와! 멋진 배입니다. 쾌속선 같은데, 크기가 상당한데요? 빠르기는 뭐 저렇게 빠르대요? 호오. 예전에 그림으로 보았던 흑하제(黑河帝)랑 비슷한 것 같습니다."

"흑하제?"

"모르세요? 아, 모르시겠네. 제가 이족(羆族) 출신인 건 아시지요?"

"이족은 무슨. 흥."

이족이란 대강을 주름잡던 열여덟 개 수적단체의 연합, 대강흑룡맹의 출신을 뜻하는 은어였다.

대강흑룡맹은 반백 년 전 집마맹에 의해 멸문된 후 사라져버렸지만, 한 때는 대강을 지배했었다.

전성기에는 강호무림의 세 손가락 안에 들 정도였다고 한다.

지금은 흔적도 없이 사라졌지만 족적은 잔재처럼 남아, 대강유역의 문파는 자신들이 대강흑룡맹의 정통을 이은 이족출신이라고 자처했다.

천마재생

하지만 대부분이 거짓말이다.

"전 정말 이족출신이란 말입니다. 우리 이족에 전승되는 전설 중에 흑하제라는 배가 있어요. 달리 흑경선(黑鯨船)이라고도 불리는데, 대강흑룡맹의 시조이신 흑룡왕(黑龍王)께서 만드신 배라지요. 흑룡왕께서는 흑경선 한 척으로 수채들을 굴복시켜 대강을 지배할 수 있었다지요."

"배 한 척이 뭐 그리 대단하다고, 그거 한 척으로 대강을 지배해."

"뭐, 전설이 다 그렇죠. 과장이 좀 심하기는 하지요. 대강의 끝에서 끝을 고작 보름 만에 주파할 수 있다고 하니, 그게 말이나 됩니까?"

"내 말마따나 전설이 다 그렇지."

"하여간 저희 이족에서 전승되는 흑경선의 형태와 저것과 흡사합니다. 노래도 있어요. '검은 고래의 혼백이 깃든 배는 핏물을 들이고 자라나, 시체로 대강을 메우네. 뭇 사람이여, 안심하지마라. 검은 고래가 불화살을 뿜는 날, 고래는 이무기가 되어 대지로 기어오를 지니, 죽음을 여의주에 담아 흑룡이 되어 승천하리라.'"

"노래 참 못 부는 구나."

"이 노래가 좀 그런 겁니다. 으스스하죠?"

"하여간 입항허가는 없었다 이거지?"

이족 출신의 사내는 크게 고개를 끄덕였다.

"네. 그렇다니까요. 그나저나 저 배 엄청 빠르네요."

"가라앉는 것도 빠르겠지."

그러며 무인은 깃발을 몇 개를 들어올렸다.

접근하는 검은 배를 쇠뇌로 침몰시키라는 신호였다.

이족출신의 사내가 깜짝 놀라 외쳤다.

"확인부터 하셔야지요!"

"내가 누구냐?"

"수문장님이시죠."

"그렇지. 이 수문의 최고책임자이지. 그러면 내가 누구
한테 확인해야겠냐?"

"하지만……."

수문장은 눈을 얇게 좁혔다.

그는 집마맹 출신이었다. 그렇기에 곧 집마맹이 성하맹
이라는 허물을 벗어던지고, 협륜문이라는 허물을 쓴 제협
회, 오륜마교와 전쟁을 시작할 것임을 알고 있었다.

현재 집마맹의 세력은 은밀히 성하맹으로 모여들고 있
었다.

모든 준비를 마치는 순간 바로 협륜문을 궤멸시키기 위
해 이곳 수문을 열고 튀어 나올 것이다.

이어 제협회와 오륜마교를 굴복시켜, 강호무림을 다시
집마맹이 지배할 것이다.

생각만 해도 가슴이 벅찼다.

천마재생

그 과정 중 스스로 이족출신이라고 자처하는 이런 아무 것도 모르는 놈들은 모조리 죽어가겠지.

나름 당차고 재치도 있으며 재능도 있는 놈이었지만, 어쩔 수 없었다.

세상의 논리란 본래 이처럼 가혹한 법이다.

'차라리 내 손으로 죽여 버릴까? 이 놈의 심장을 뽑아 흡정을 하면 최소 삼년 수위의 공력은 늘 텐데……'

집마맹의 마인다운 생각이었다.

그의 눈빛이 두려운지 이족출신의 사내는 자라처럼 목을 숨겼다.

"왜, 왜 그러십니까요?"

수문장은 빙긋 웃었다.

"널 죽여 버릴까 했었지."

농담인지 알았는지, 이족출신의 사내는 몸을 숙였다.

"말 잘 들을게요, 살려만 주십쇼."

수문장은 피식 웃으며 대강 쪽으로 고개를 돌렸다.

어느 새, 흑경선을 닮았다는 검은 배는 쇠뇌의 사정권 내로 들어와 있었다.

입항허가도 없었고, 배에는 집마맹의 마인만이 알아볼 수 있는 은밀한 표식 없을뿐더러, 암호도 보내지 않았다.

수문장은 그 사이에도 빠르게 커져가는 검은 배를 노려보며 깃발을 하나 들어올렸다.

장전한 쇠뇌를 발사하라는 신호였다.

이제 곧 검은 배는 고슴도치처럼 변해 물속으로 가라앉을 것이다.

"응?"

어찌된 일일까?

쇠뇌가 발사되지 않았다.

깃발을 보지 못한 것일까?

수문장은 다시 깃발을 들어올렸다.

그때였다.

"그런데요, 수문장님. 정말 저 이족출신이 맞거든요. 더구나 대강흑룡맹의 시조이신 흑룡왕의 직계라고요."

이 녀석은 이 상황에 뭔 헛소리를 하는 걸까?

"이제와 하는 말인데요. 저, 정말 힘들었습니다. 흑룡맹의 부활을 꿈꾸는 강중거경채(江仲巨鯨砦)의 채주인 제가 무려 삼년이나 이곳에서 이런 헛짓거리를 하고 있었다는 게 말이나 됩니까?"

대강거경채?

삼년 전, 성하맹이 설립되기 전까지 이곳 강중을 무대로 활약하던 수채였다. 나름 규모도 크고 역사도 있어 상당한 영향력을 갖추고 있었다. 하지만 성하맹의 설립 예정지를 강중으로 선택한 집마맹에 의해 조용히 무너졌었다.

생존자가 있었던가?

푹!

수문장은 복부에서 느껴지는 고통을 참지 못하고, 얼굴을 구겼다.

비수 한 자루가 배에 꽂혀 있었다.

손잡이는 이족출신의 사내가 굳게 쥐고 있었다.

"너, 누구⋯⋯?"

수문장이 묻는 말에 이족출신의 사내가 빙긋 웃었다.

"말했잖아. 강중거경채의 채주라고. 이름도 말해줘? 흑이룡(黑彲龍). 별호이자 이름이다, 새끼야. 이제 다 알려줬으니, 죽여도 되지?"

스윽.

흑이룡은 비수를 잡은 손에 힘을 주어 왼쪽으로 그었다가, 다시 위로 올렸다.

내장을 끊어내는 수법 중 하나로, 오직 이족출신만이 아는 방식이다.

지극히 고통스럽게 상대를 죽이는⋯⋯.

털썩.

수문장이 시체가 되어 쓰러지자, 흑이룡은 그를 내려 보며 환하게 웃었다.

"아, 속 시원하다. 칵, 퉤."

시체 위에 침을 뱉은 흑이룡은 대강 쪽으로 고개를 돌렸다. 흑경선을 닮은 검은 배가 어느 새 수문 근처까지 다가와 있었다.

흑이룡은 혀를 내둘렀다.

"와! 진짜 빠르네."

흑이룡은 죽은 수문장에게 거짓말을 한게 아니었다.

검은 배는 흑경선이 아니었다.

흑룡선(黑龍船)!

흑룡선은 흑경선을 따라 만든 게 아니라, 그 반대로 흑경선이 바로 흑룡선의 설계도를 좇아 만들어진 배였다.

흑룡왕 이전, 멸세천마의 시대에 살았던 절대자 대강용제(大江龍帝)가 타고 다녔다는 배이다.

저게 대체 어떻게 지금까지 남아있는지 모르겠다.

하지만 호기심은 빠르게 사라졌다.

"그 분이라면 뭐라도 하겠지."

그 분.

얼굴은 한 번도 본 적이 없다.

지난 삼년 동안 흑이룡을 포함한 백여 명의 고수를 성하맹 안에 잠입시키고, 오늘을 기다리게 만든 사람.

"수라천마의 등장에 어울리는 환영식을 치러야겠지?"

흑이룡은 쇠뇌의 발사를 알리는 신호인 붉은 깃발을 집어 들었다. 그리고 높이 들어 올려 여러 차례 휘저었다.

동료들에게 보내는 신호였다.

지금 쇠뇌는 흑룡선이 아닌, 반대 방향으로 틀어져 장전이 되어 있을 테고, 그 끝에는 벽력탄이 하나씩 매달려 있을 것이다.

그리고 이 신호를 본 동료들은…….

쇄애애애애애애액!

수문의 안쪽에 위치한 선착장에 매달린 선박들, 그 너머에 있는 건물들을 향해 쇠뇌가 비가 되어 튀어나갔다.

콰아아아아아아아아앙!

지축이 흔들렸다.

동시에 노을보다 붉고 화려한 불기둥이 솟구치고, 꽃처럼 피어오른다!

그 광경을 황홀하다는 듯 지켜보며 흑이룡은 속삭였다.

"이 정도면 그분께 어울리는 환영식이겠지?"

마침 수문 사이로 흑룡선이 통과하고 있었다.

흑룡선의 선두에 서 있는 청년이 고개를 돌려 수문 위에 서 있던 흑이룡을 돌아보았다.

눈이 마주치는 순간, 흑이룡은 아찔한 현기증을 느꼈다.

저런 눈을 가진 자가 있을까?

청년이 입을 벌린다.

"수고했다."

그의 목소리는 흑이룡의 귓가에 속삭이듯 울렸다.

청년의 정체가 누구인지를 짐작한 흑이룡은 빠르게 두 손을 모아 공수를 취했다.

청년은 다시 앞으로 고개를 돌렸다.

노을을 등지고 나타난 흑룡선은 그렇게 불바다를 향해 나아가고 있었다.

†

남장후는 불바다가 되어버린 선착장과 그 너머의 건물을 바라보며 속삭였다.

"나는 거짓말을 하지 않는다."

그의 등 뒤, 그림자처럼 철리패가 붙어 서 있다.

그리고 그 뒤로는 은천대라고 불러야할 후기지수들이 도열해 있었다.

후기지수들의 표정은 담담하기만 했다.

지금과 같은 광경은 수없이 보아온 백전노장만 같다.

삼십이일 전, 은천대원이 되어 훈련을 시작했을 때와 비교하면 같은 사람인가 의심스러울 정도였다.

남장후는 다시 말했다.

"내가 거짓말을 하지 않는 건, 할 수 없어서가 아니다. 그럼으로써 두 가지 무기를 갖출 수 있기 때문이다. 첫 번째는 거짓말이다. 어느 날, 딱 한 번 난 거짓말을 할 거다. 고작 그 몇 마디의 말로, 세치 혀를 몇 번 굴린 것만으로 온 세상을 속일 수 있겠지. 그건 무서운 무기이다."

천마재생

드는 모두가 자신도 모르게 고개를 살짝 끄덕였다.

그럴 것이다.

수라천마 장후는 거짓말을 하지 않는다.

그건 믿음이 아니라, 진리와 같이 받아들여진다.

과거 집마맹 조차도 수라천마가 하는 말을 모두 믿었다고 전해질 정도이다.

그런 수라천마가 어느 날 작정을 하고 거짓말을 한다면?

온 세상이 속을 것이다.

그 거짓말을 믿고 세상의 모든 권력자와 세력이 반응을 보이고, 행동할 것이다.

그러니 생각해보면 정말 무서운 무기이다.

남장후가 말했다.

"내가 거짓말을 하지 않음으로써 얻은 두 번째 무기는 바로 신뢰이다. 나의 말은 모두가 믿는다. 나는 나의 말을 지켰고, 약속은 이루어냈다. 그러니 나의 말은 예언과도 같다. 덕분에 이루려 하지 않아도 절로 이루어지기도 하지."

그랬다.

집마맹은 궤멸 직전에 몰렸을 쯤에는 수라천마 장후가 어딘가를 공격하여 궤멸시킬 것이다, 라는 이야기가 들리면 절로 터를 비우고 물러났다고 한다.

그럼으로써 수라천마 장후는 단 몇 마디 말로 싸우지도 않고 이기는 경우가 잦았다.

"그 두 번째 무기를 너희에게 행사하려 한다. 나의 언약을 믿어라. 우리는 성하맹을 무너트린다."

모두가 침을 꿀꺽 삼켰다.

성하맹.

오륜마교와 제협회를 위협할 정도의 세력이다.

그런데, 백 명도 되지 않은 인원으로 성하맹을 무너트린다?

농담으로 치부해야할 말이다.

하지만 수라천마 장후의 언약이었다.

그러니 이루어진다.

반드시!

후기지수들의 두 눈동자가 뜨겁게 달아올랐다.

남장후가 말했다.

"그 대가로 너희 중 절반 이상이 상처입고 죽게 될 것이다."

후기지수들의 눈동자가 빠르게 식었다.

절반 이상이 죽는다.

후기지수 중 그 누구도 그 안에 자신이 포함되지 않으리라고 확신할 수는 없었다.

잠시 다물렸던 남장후의 입이 벌어졌다.

"산다는 건 상처의 연속이더군. 누구나 상처입고 아프다. 그리고 누구에게든 상처를 입는다. 상처가 없는 삶이란 있을 수 없고, 상처가 없는 죽음이란 있을 리 없다. 그러니 상처를 두려워하지 말아라. 아픔을 피하지 마라. 죽음을 무서워 말아라. 그 대신, 상처 입을 만할 가치가 있는 일을 하는 거다."

상처 입을 만할 가치가 있는 일?

"상처를 입어도, 그래서 죽는다고 해도 괜찮은 일. 아파도 괜찮을 일. 그걸 하는 거다. 난 과거엔 그러지 못했다. 과거, 집마맹과의 전쟁은 오로지 나의 욕심이었고 복수였을 뿐, 가치는 없었다. 하지만 지금은 달라. 한 번 더 언약하마. 성하맹을 무너뜨려라. 그러다 상처를 입어라. 이 일은 그래도 될 가치가 있다."

콰아아아아아아앙!

흑룡선이 선착장을 가르고 땅 위로 올랐다.

한참을 더 뻗어 나와, 불타오르는 건물을 부수며 진입한 흑룡선은 점점 더 느려지더니, 결국 멈췄다.

그 순간, 남장후가 말했다.

"시작하자. 지금부터 너희는 상처를 입어라. 그리고 나의 말을 믿어라. 이건 그럴 만한 가치가 있는 일이다."

은천대원들은 일제히 고개를 숙였다.

남장후가 속삭이듯 말했다.

"가라."

휘이이이이이익!

은천대원들이 뛰어 올라 사방으로 흩어져 달려 나갔다.

남겨진 남장후는 전면을 노려보며 말했다.

"네게도 언약했지? 네게 어울리는 전쟁터를 만들어 주 겠노라고."

바로 뒤, 철리패가 주먹을 굳게 쥐며 고개를 끄덕였다.

"거기가 여깁니까?"

남장후는 살짝 고개를 저었다.

"아니. 여기서 부터이지."

철리패의 입가에 환한 미소가 맺혔다.

"저부터 놀러 갑니다."

남장후는 살짝 고개를 끄덕였다. 그 순간, 철리패가 사 라졌다.

홀로 남겨진 남장후는 빙긋 웃으며 속삭였다.

"자, 나도 이제 좀 놀아 봐야지? 그동안 너무 일만 했 어."

†

성하맹은 대강을 끼고 면을 두고, 반원형의 벽이 다섯 개가 일정한 간격을 두고 세워진 구조로 되어 있다.

벽의 높이는 오장에서 십장.

간격은 오리에서 십리.

벽 사이마다 어지간한 현 규모의 마을이 존재하는 형식
이다.

수성에 유리한 폐쇄적인 형태이다.

누군가는 대강 남서부 쪽에 사는 소수민족 홍족(烘族)의
주거방식이 이와 비슷하다고 했다.

홍족은 폐쇄적이면서도 호전적인 종족으로 독자적인 종
교와 문화를 가졌기에, 상당한 박해를 받았다.

때문에 벽방루(壁房樓)라고 불리는 형태의 독특한 주거
형태를 만들어서 외부의 침입에 방비하고 교류를 단절하
며 사는데, 규모의 차이가 있을 뿐, 그 형태가 성하맹과 너
무도 흡사했다.

그렇기에 성하맹은 따로 벽방성(壁房城)라고도 불렸다.

벽방루를 수십 배쯤 부풀어 놓은 듯한 형태이기에, '루
(樓)'라기 보다는 '성(城)'이라고 부르는 게 어울릴 테니
까.

그리고 사람들은 장담했다.

벽방성은 스스로 무너질 수는 있어도, 무너트릴 수는 없
을 것이라고.

하지만 그런 세간의 말을 비웃는 듯, 벽방성의 코앞의
선착장이 불길에 휩싸여 있었다.

노을보다 붉고 불길하게…….

성하맹의 다섯 번째 벽, 그러니까 최외각에 위치한 벽은 초혼애(初昏崖)라고 부른다.

초혼(初昏)이란 해가 가라앉아 어둑할 시기쯤을 뜻하는데, 성하맹의 다섯 벽 중에서 가장 높아, 길게 그림자를 드리우기에 붙은 이름이다.

초혼애의 가장 높은 부분인 망루는 무려 십장에 달하니, 그 위에 서면 절벽에 반쯤 걸치고 있는 듯 아찔하다.

하지만 지금 망루의 위에 서 있는 사내는 그저 담담하기만 하다.

사내는 입을 굳게 다문 채, 불타오르는 선착장과 정박되어 있던 수십 척의 배를 가만히 노려보고만 있었다.

아니, 자세히 보면 그의 눈길은 불길을 가르며 다가오는 검은 배에 닿아있었다.

보다 자세히 보면, 배의 선두에 홀로 서 있는 남장후를 노려보고 있었다.

"수라천마 장후……, 인가?"

그러며 사내는 입가에 비릿한 미소를 그렸다.

사내의 이름은 없다.

대신 그는 회존(灰尊)이라는 칭호를 이름 대신 불릴 뿐이었다.

회색이란 모호한 색이다.

하얗지도 않고, 검지도 않다.

하지만 어찌 보면 하얗다고 할 수 있고, 어떻게 보면 검다고 말할 수도 있다.

바로 회존이라는 사람의 성향이 바로 그랬다.

그는 집마맹주를 제외하고는 가장 고위간부라고 할 수 있는 집마십존 중 일인이면서도, 아무런 영향력이 없었다.

하지만 그 덕분에 집마십존 중 그 누구보다 많은 의견을 제시할 수 있었고, 대부분의 결정을 독단적으로 판단하는 집마맹주에게 조금이나마 수용되고는 했다.

성하맹의 기묘한 구조 역시 그의 의견이 수용한 결과였다.

회존이 눈을 얇게 좁혔다. 그러며 멀리 떨어진 흑룡선 위에 홀로 서 있는 남장후에게 말을 걸 듯 속삭였다.

"수성이 아닌, 공성을 하겠다고요? 예상한 대로이구려. 수라천마 장후여. 당신은 큰 실수를 하신 거요. 내가 그 이유를 말해주리다."

남장후의 귀에 그의 목소리가 들릴 리 없었다. 그럼에도 회존은 술자리에서 친구와 수다를 떤다는 듯이 계속 말을 이어갔다.

"나만은 성하맹이 설립될 때부터 당신이 이런 식으로 나올 것임을 알고 있었소. 왜 나만 알고 있었을까? 내가 당신을 동경하기 때문이라오. 난 당신이 세상에 모습을 드러낸 순간부터 당신만을 바라보며 살았소. 그렇기에 당신을 잘 알지. 어쩌면 당신보다 당신을 잘 알지도 몰라. 당신이 죽었다고 알려졌을 때에도 나만은 믿지 않았소. 당신은 분명 어딘가에 살아있고, 언제는 다시 나타날 것이라고 여겼소. 혹시 죽었다면 다시 태어나서라도 우리 앞에 나타날 것이라고 믿었소. 보시오? 내 말이 맞지 않소?"

회존의 두 눈은 뜨겁게 달아올랐고, 목소리는 흥분으로 떨렸다.

"당신은 위대하오. 당신은 전능하오. 당신은, 당신은 정말 사랑스럽다오. 어떻게 해서든 내 손으로 죽이고 싶을 만큼! 당신을 죽이기 위해서라면 난 무엇이든 할 수 있소. 내 목숨 정도는 어떻게든 상관없을 만큼! 나는 당신을 죽인 사람으로 기록될 것이오!"

쇄애애애애애애액!

바람이 갈리는 소리와 함께, 회존의 곁으로 세 사람이 나타났다.

대연회장에 있던 사존과 환존, 용존이었다.

회존은 그들이 모습을 드러내자, 입을 다물고 표정을 지웠다.

그들은 회존을 한 번 힐끗 노려본 후, 정면으로 시선을 돌렸다.

그들의 눈동자 안으로 흑룡선 위에 홀로 서 있는 남장후의 모습이 들어왔다.

용존이 송곳니를 드러내며, 히죽 웃었다.

"저게 수라천마 인가? 별 거 아닌데?"

환존이 말했다.

"살짝 간 좀 봐볼까 싶은데, 함께 하실 분은 없습니까?"

사존이 입을 열었다.

"죽을 게야."

환존과 용존이 눈동자만 돌려 사존을 노려보았다.

사존의 입이 다시 벌어졌다.

"자네들을 폄하하는 게 아니야. 죽어. 우리 모두가 달려들어도, 죽네."

사존은 집마십존의 주지를 모으는 역할을 해왔다.

그는 집마맹주가 집마맹을 시작할 때부터 함께 했고, 집마십존이라는 지위에 가장 먼저 오른 인물이다.

스스로 나서지 않을 뿐이지, 굳이 서열을 따지자면 집마맹의 서열 이위는 사존이라고 할 수 있었다.

그렇기 때문에 집마십존은 사존에게 만은 욕심이나 자존심을 꺾고 한 걸음 양보하는 편이었다.

용존과 환존은 살짝 고개를 끄덕이며 물러섰다.

사존이 회존에게로 고개를 돌렸다.

"이제 어쩌면 좋겠나?"

회존은 어깨를 으쓱했다.

"제가 뭘 안다고 그러십니까?"

"맹주께서는 최악의 상황이 닥쳤을 때엔 회존의 명령을
따라라, 라고 하셨다네."

회존의 눈이 빛났다.

"명령이라고 하셨습니까?"

"그래. 명령, 이라고 하셨네."

회존의 입이 크게 벌어졌다.

"명령이라. 좋군요. 아주 좋아! 그 말씀 믿어도 됩니
까?"

그러며 눈동자를 용존과 환존 쪽으로 돌렸다. 내가 명령
을 내린다고 해서 저들이 따를 것 같으냐, 는 질문이었다.

사존은 대답하는 대신 품에서 뭔가를 꺼내 회존에게 내
밀었다.

손가락 두 마디만 한 크기의 동그란 보옥이었다. 괴이한
점이라면 보옥의 안에 두 개의 애벌레가 갇혀 있었다.

그 보옥을 보는 순간, 용존과 환존의 얼굴이 창백해졌
다.

보옥의 안에 떠다니는 애벌레는 지옥마고(地獄魔蠱)라
는 것으로, 그 중 수컷이었다.

수컷을 죽이면 암컷도 죽고, 동시에 암컷의 숙주 역시
죽는다.

일반적으로 고독이라는 가지는 일반적인 특성이지만, 다른 점이라면 암컷의 내성(耐性) 강하다는 점이었다.

　아니, 그저 내성이 강하다고 할 수 있는 수준이 아니다.

　정(精), 기(氣), 신(神), 을 하나로 이룬 경지, 삼화취정(三花聚頂)에 이른 절대고수조차도 없앨 수 없을 정도이니 말이다.

　지금 사존이 회존에게 내민 보옥 안의 지옥마고의 암컷은 용존과 환존의 머리 안, 어딘가에 있었다.

　쉽게 말해, 지금 사존은 두 사람의 목숨을 회존에게 내어주고 있는 것이었다.

　회존이 사존을 보며 빙긋 웃었다.

　"제 건 맹주님께서 가지고 있을 테고, 당신 것은 없군요? 당신 것도 맹주님께서 가지고 계십니까?"

　"아니네. 내 것은 본래부터 없었네."

　회존이 재미난 이야기를 들었다는 듯이 호기심을 보였다.

　"어째서 당신만 없습니까?"

　"맹주께서 말씀하시길, 지옥마고 한 마리를 만들 시간과 비용이면 정예 백 명을 키울 수 있다고 하시며, 내게 쓰기에는 아깝다 하시더군. 그냥 나는 죽으라면 죽고, 살라면 살라고 하시네."

　회존이 피식 웃었다.

"싸게 쓰시는 군요."

사존이 과장된 한숨을 내쉬었다.

"오래 자주 쓰인 탓이지."

"그 말씀 들으니, 부럽지만은 않군요."

그러며 회존은 지옥마고가 담긴 보옥을 받아들었다.

그 순간 용존과 환존이 몸을 살짝 떨었다. 그들의 입장에서는 목숨이 오고가는 걸 보고 있는 것이나 다름없었다.

그럼에도 바라만 볼 뿐 막을 수가 없다.

이게 집마맹주를 제외하고는 가장 고위인사라고 할 수있는 집마십존의 현실이었다.

회존이 용존과 환존의 낯빛을 살피며, 바로 보옥을 품에집어넣었다.

사존이 말했다.

"이리로 올 때 맹주께서 말씀하셨네. 최악의 상황이 닥칠 시, 자네의 계획을 쫓으라고 말이네. 내 생각엔 지금이그때인 것 같은데, 자네의 계획이 무엇인지 알아도 되겠는가?"

회존은 고개를 저었다.

"아니요."

그리고 빙긋 웃었다.

"아직 최악의 상황이 아니니까요."

천마재생

회존은 앞으로 돌려 아직도 흑룡선 위에 서 있는 남장후를 노려보았다.

"최악의 상황은 이제부터 시작될 겁니다. 이곳은 곧 피바다가 될 것이고, 시체의 탑이 되겠죠. 그때 계획을 실행할 겁니다."

무슨 뜻일까?

최악의 상황을 막자는 계획이 아니라, 최악이 되면 시작하는 계획이라니.

사존은 의심스러운 눈초리로 회존을 바라보다가, 짧은 한숨을 쉬었다.

"자네가 주장(主將)이니, 알아서 하시게. 난 따를 뿐이네."

회존이 입매가 찢어질 듯 늘어났다.

"주장으로써 하나만 약속드리죠. 계획이 성공한다면, 우리는 수라천마 장후의 시체를 보게 될 겁니다."

그러더니 회존은 바로 옆에 걸어가 그 자리에 걸려 있는 깃발 손을 얻었다.

우지끈하는 소리와 함께 깃대를 꺾여 도끼에 찍힌 나무처럼 쓰러져가자 회존은 바로 오른 손으로 집어 들었다.

그리고 번쩍 치켜든다.

깃대의 두께는 잘라내면 어지간한 장정 한 둘은 앉아 쉬어도 돌만했고, 길이가 장정 셋 정도는 위로 세워 놓아야 닿지 않을까 할 정도로 길었다.

그걸 지푸라기 쯤 된다는 듯이 가볍게 든채, 그 끝을 흑룡선 쪽으로 겨냥했다.

용존이 외치듯 물었다.

"지금 뭐하자는 건가?"

회존이 그가 아닌, 멀리 흑룡선 위에 서 있는 남장후를 노려보며 속삭이듯 말했다.

"아무리 도의없는 전쟁이라지만, 이 정도로 격식이 없어서야 쓰나. 최소한 효시 정도는 있어야지."

효시(嚆矢).

전쟁을 벌일 때, 소리 나는 화살 한 개를 적진을 향해 쏜다.

그것이 바로 효시이고, 이제부터 전쟁을 벌이자는 의미이다.

회존은 누가 말리기 전에 깃대를 던져 버렸다.

쇄애애애애애애애액!

깃대는 빛살이 되어 날았고, 잠시 사이 남장후의 앞에 이르렀다.

그 순간 남장후가 오른 손을 앞으로 뻗었다.

그러자 깃대는 그의 손에 잡힌 채 멈췄다.

멀리서 그 광경을 지켜본 회존이 당연하다는 듯 미소를 지었다.

그러며 몸을 돌렸다.

"자, 돌아갑시다. 여기는 곧 끝날 거요. 효시도 쏘았으니, 안으로 들어가 준비 좀 합시다."

그때였다.

"마침 나도 효시를 쏠까 했었는데, 보고 가는 게 어떤가?"

집마십존들은 깜짝 놀라며, 휙 고개를 돌렸다.

멀리 흑룡선 위, 남장후가 그들을 바라보며 웃고 있었다.

어떻게 그의 목소리가 이곳까지 들리지?

그때였다.

남장후가 타고 있는 흑룡선의 전면부가 갈라지기 시작했다.

마치 꽃이 피어나는 듯이 벌어진다.

아니, 검은 괴수가 먹잇감을 삼키기 위해 아가리를 쩍 벌리는 듯하다.

크게 벌어진 입과 같은 구멍 속에서 혀처럼 붉은 것이 튀어 나온다.

쇄애애애애애애애액!

붉고 날카로운 기둥은 빛살이 되어 날아가, 벽에 꽂혔다.

콰아아아아아아앙!

벽 위에 서 있던 집마십존들은 잠시 중심을 잃고 뒤뚱거렸다.

하지만 바로 안정을 찾고 고개를 내밀어 벽에 꽂힌 붉은 기둥을 내려 보았다.

기둥이 점점 더 붉고 환해지고 있었다.

불길하다.

집마십존들은 동시에 몸을 날렸다.

거의 동시에 붉은 기둥은 거칠게 빛을 뿜었다.

콰아아아아아아아아아아아앙!

벽이 천지사방으로 터져 나갔다.

마치 폭죽처럼 보이는 모든 것이 붉게 물들었다.

초혼애라고 불리던 성하맹의 다섯 번째 벽은 그렇게 무너져 내렸다.

먼 하늘 위에서 회존의 웃음소리가 터져 나온다.

"푸하하하하하하핫! 역시 수라천마! 역시 당신다운 효시요! 이제 전쟁을 시작해 봅시다! 푸하하하하하하핫!"

웃음소리는 점점 작아지더니, 어느 순간 사라져 버렸다.

남장후는 무너져 내린 벽을 바라보며 입매를 들어올렸다.

"좀 놀아준다고 하니, 신이 났구나."

그렇게 속삭인 남장후는 드디어 발을 앞으로 내딛었다.

노을은 사라져 짙은 밤이 찾아왔지만, 그가 바라보는 앞

327

천마재생

면은 대낮보다 밝았다.

치솟는 불길과 매캐한 연기.

이곳저곳에서 튀어나오는 우렁찬 고함과 처절한 비명.

"고향에 온 것 같구나."

그렇게 속삭이는 남장후의 표정은 묘했다.

슬픔과 기쁨, 그 두 가지 상반된 감정이 동시에 드러난다고 할까?

남장후는 바로 표정을 지우고, 다시 걸음을 내딛었다.

무너진 벽 위로 넘실거리는 불길은 반갑다고 인사를 건네는 듯했다.

〈9권에서 계속〉